LE BOURREAU PLEURE

LES ROMANS NOIRS
DE FRÉDÉRIC DARD

LES SALAUDS VONT EN ENFER

FRÉDÉRIC DARD

LE BOURREAU PLEURE

fleuvenoir

Fleuve Éditions
92, avenue de France – 75013 Paris
serviceclients@lisez.com

ISBN : 978-2-265-15958-7

Dépôt légal : novembre 2025

Bien qu'une grande partie de
cette histoire soit authentique,
tous les personnages qui la composent sont fictifs.

F. D.

PREMIÈRE PARTIE

1

L'objet le plus triste du monde ? Je crois que c'est un violon brisé. En tout cas, c'est la vue de la boîte à violon écrasée sur la route, avec les cordes de l'instrument s'en échappant, qui m'a le plus serré le cœur. Elle symbolisait l'accident plus encore que la jeune femme étendue en bordure du fossé, les doigts griffant la terre sèche et les jupes relevées sur des cuisses admirables. Oui, ce violon mort m'a fait mal. Il était une sorte de paroxysme de la fatalité qui m'avait conduit là, à cet instant.

Je me souviens qu'un peu avant j'évoquais mon enfance, sans doute à cause de cette nuit d'Espagne, riche en lucioles et en phalènes qui venaient éclater sur mon pare-brise avec un petit bruit hideux… Ces bestioles me rappelaient les soirées des étés perdus, lorsque avant de me laisser mettre au lit je respirais les senteurs sucrées du vieux tilleul, derrière chez nous.

Chaque soir, j'allais pendant un long moment contempler les ombres angoissantes qui s'accumulaient contre le ciel pâle de la nuit. L'air frémissait de mille insectes titubants qui dansaient autour de moi la troublante farandole de l'ombre.

Je pensais à ce beau pays perdu de ma prime jeunesse. Mes phares ouvraient l'obscurité comme un soc lumineux. L'air était tiède et, sur ma gauche, la grosse rumeur de la mer emplissait le ciel filandreux. J'avais loué une chambre dans une très modeste auberge du bord de la mer à Castelldefels : la Casa Patricio, tenue par un vieux ménage de Catalans. La cuisine était ni meilleure ni pire qu'ailleurs et, si l'habitat s'avérait sommaire, il offrait du moins l'avantage de se situer en bordure de plage. J'ouvrais les yeux sur la mer, et c'était sa grande voix monotone qui m'appelait, à l'heure où le soleil la transforme en un gigantesque brûlot.

Des vacances idéales.

Et voilà que soudain, tout avait changé. Oui, tout, à cause de cette silhouette qui s'était échappée de la nuit pour bondir dans la lumière blonde de ma voiture.

J'avais freiné à mort, de toutes mes forces, de toute ma volonté, et la fraction de seconde qui avait suivi m'avait semblé plus longue que les plus longues années de ma vie. En un éclair, la silhouette s'était précisée, j'avais vu qu'il s'agissait d'une femme et qu'elle était jeune et jolie.

Je m'étais dit, dans une espèce de formidable cri muet, que j'allais la heurter ! Franchement, il n'y avait pas moyen d'éviter le choc.

L'instantanéisme de la pensée est extraordinaire. En moins d'une seconde, je m'étais posé une foule de questions sur ma victime en puissance. J'avais trouvé le temps de me demander qui elle était, ce qu'elle faisait à pareille heure sur cette route déserte avec une boîte à violon sous le bras et surtout pourquoi elle se jetait délibérément sous les roues de ma voiture. Et, surtout, je m'en étais posé une plus secrète, plus humaine, concernant la somme de péchés que je soldais avec cette catastrophe. À cette heure, il n'y aurait pas le moindre témoin pour dire qu'il s'agissait d'un suicide…

Et puis, ç'a été le choc. Un choc plus mou que celui des phalènes éclatant sur ma vitre ; un choc dont tout mon être a longuement frémi. Mon moteur a dû caler, car le silence s'est établi sans que j'aie fait un geste pour couper le contact. Maintenant, tout était immobile autour de moi. J'étais planté dans un univers figé et le bruit de la mer ne me parvenait plus.

Mon premier regard lucide a été pour mes mains qui tremblaient. Elles m'étaient brusquement devenues étrangères. J'ai fait un effort considérable pour les arracher du volant. Puis j'ai ouvert la portière de droite et je me suis jeté dehors !

L'air doux du soir reprenait vie. Des froissements d'ailes l'allégeaient… J'ai vu la boîte à violon écrasée par terre dans le goudron et j'ai été anéanti devant ce ventre de bois crevé qui perdait ses entrailles célestes… Quelque chose de violent, d'indéfinissable, est monté du tréfonds de moi-même, jusqu'à ma gorge. J'aurais voulu pleurer, mais l'énorme boule qui m'obstruait le gosier m'empêchait de le faire... Je me suis tourné vers ma victime. Elle gisait en bordure de la route, sur le talus, dans une pose abandonnée. Elle semblait s'être confiée à la mort comme un être épuisé se confie au sommeil.

Je me suis penché sur elle. Mon calme est revenu. Je n'avais jamais palpé quelqu'un d'inanimé pour vérifier s'il vivait encore et je me sentais infiniment maladroit. Je ne savais comment m'y prendre. Je n'osais pas la toucher... Mon phare droit la baignait d'une lumière jaune qui faisait ressortir sa blondeur. Ma main est partie à l'aventure sur ce corps chaud, en quête d'un battement de cœur... Et j'ai trouvé son cœur tout de suite, comme s'il avait attiré ma main. Elle vivait ! Une joie âpre et presque douloureuse m'a sonné.

Avec d'infinies précautions, je l'ai retournée sur le dos. Elle était belle ! Ce brusque vis-à-vis m'a causé un choc. Elle avait des cheveux très longs et des pommettes légèrement proéminentes d'Asiatique. Ses traits étaient d'une régularité parfaite. Elle gardait les yeux clos. Sa poitrine se soulevait à une cadence précipitée... Elle a poussé un gémissement...

« Fais quelque chose », me suis-je dit.

J'avais honte de mon désarroi. J'ai pris la fille sous la nuque et sous les genoux, puis, d'une détente, je l'ai arrachée du sol. Mal équilibré, j'ai failli partir en arrière avec ma charge. Je l'ai assurée en la ramenant contre ma poitrine et l'ai portée jusque dans l'auto.

À la lumière du plafonnier, j'ai pu l'examiner. À part une vilaine plaie au coude gauche, quelques ecchymoses aux jambes et une bosse à la tempe, elle paraissait indemne… Pourtant, je n'ai pas osé me réjouir…

Machinalement, j'ai actionné mon démarreur. Le moteur a toussé plusieurs fois avant de tourner… J'ai passé ma vitesse et quelque chose a craqué sous la voiture : c'était la boîte à violon. J'ai foncé dans la nuit, sans trop savoir ce que j'allais faire de la blessée. C'était la première fois que je venais en Espagne et je ne parlais pas la langue du pays. C'est ce qui m'a retenu de la conduire dans un hôpital à Barcelone. J'avais besoin d'aide et le père Patricio me semblait la seule personne capable de me secourir en pareille conjoncture… Comme je n'étais plus qu'à une dizaine de kilomètres de Castelldefels et que l'état de la jeune femme ne semblait pas critique, j'ai résolu d'aller jusqu'à la Casa de la plage…

J'y suis parvenu sans que ma victime ait repris connaissance. Il y avait encore de la lumière, ce qui m'a mis un peu de baume au cœur. L'auberge se composait d'une grande pièce blanchie à la chaux servant de réfectoire. La partie donnant sur la plage était vitrée et des portes peintes en vert se succédaient sur les trois autres faces. Elles s'ouvraient toutes sur des chambres guère plus grandes que des cabines de bain, meublées chichement d'un lit et d'une chaise. Ces pièces ressemblaient davantage à des cellules de cloître qu'à des chambres d'hôtel, mais la vie qu'on menait ici était purement extérieure et ces niches réservées au sommeil vous donnaient envie d'aller gambader sur l'immense plage hérissée de plantes épineuses.

Les domestiques saisonniers de la Casa Patricio dormaient sur des matelas étendus pour la nuit dans la grande salle commune. Au fond du réfectoire, une grande niche fermée par un volet de fer servait de bar. Le père Patricio y vidait sa vingtième bouteille de cerveza de la soirée en buvant au goulot. Il prenait deux cuites par jour au vin rouge, et les « guérissait » en absorbant une formidable quantité de bière.

Lorsque je suis entré, il m'a souri sans ramener sa tête en avant, sans cesser de boire.

C'était un vieil homme petit et noueux, avec de longs cheveux blancs rejetés en arrière et des yeux d'un bleu intense. Il a posé la bouteille vide sur l'étroit comptoir bordant la niche. Un profond soupir s'est exhalé de ses lèvres.

Il m'a cligné de l'œil. Sa face cuite avait une expression polissonne.

— Amusé, Barcelona ? m'a-t-il fait d'une voix grasse. Barrio chino ?

En guise de réponse, je lui ai fait signe de me suivre dehors. Intrigué, il a enjambé les serveurs qui ronflaient sur leurs minces matelas.

J'avais laissé la porte de ma voiture ouverte pour que la lumière subsistât. Depuis le seuil de la Casa, on voyait la blessée renversée sur la banquette. On eût dit quelque sainte reposant dans une châsse de verre. Patricio a eu un mouvement de recul.

Il m'a posé en espagnol une question que je n'ai pas comprise et s'est avancé ; le vent marin plaquait sa chemise sur son corps en sueur.

Il est arrivé à l'auto, a contemplé la fille et m'a regardé. Il avait perdu son expression courtoise ; maintenant, il montrait une dure figure de Catalan qui semblait taillée au couteau dans du buis.

— Elle s'est jetée devant mon auto sur l'autoroute...

Il a hoché la tête.

— *Doctor*, ai-je murmuré.

— Oui...

Nous avons sorti la femme de l'auto... Ses vêtements étaient blancs de poussière... Sa tête pendait sur son épaule gauche et la bosse de sa tempe était devenue violette.

— Vous avez un *cuarto* ?

Patricio a fait un signe affirmatif. Il avait pris la fille par les jambes et marchait de profil en direction de la Casa. Nous avons traversé le réfectoire sans réveiller les domestiques. Le vieux a poussé du pied la porte verte qui était la plus près de la cuisine. Avec d'infinies précautions, nous avons déposé la blessée sur le lit bas qui occupait presque toute la chambre.

Patricio l'a examinée en détail. Il a dégrafé le corsage imprimé de ma victime et de ses gros doigts calmes lui a palpé la poitrine. Ce contact m'a révolté. D'un geste brusque, je lui ai détourné la main.

— *Doctor* !

— Oui... Je vais...

Il est sorti en marmonnant des choses vagues qui ne devaient pas être spécialement gentilles pour moi.

Un instant plus tard, j'ai entendu la pétarade de son vélomoteur sur le chemin cahoteux. Je me suis laissé choir au pied du lit, les jambes coupées par l'émotion. Ç'avait été une secousse nerveuse difficile à dominer. Comme au moment du choc, mes mains se sont mises à trembler…

Je faisais intérieurement une prière pour que l'accident n'ait pas pour la jeune femme de conséquences fâcheuses… Ce qui m'inquiétait, c'était son inconscience absolue…

Je suis sorti de la chambre et, en passant devant le bar, j'ai raflé la bouteille de Mister Gin. Mister Gin était un touriste anglais ainsi surnommé par les pensionnaires de la Casa Patricio parce qu'il buvait la valeur d'une bouteille de gin chaque jour. Il arrivait après le déjeuner et le père Patricio commençait à le servir sans interruption jusqu'à la fermeture de l'auberge.

D'ordinaire, il finissait le flacon, mais ce soir-là, il en avait laissé la valeur d'un verre à vin et j'ai lampé l'alcool à même la bouteille.

Patricio est revenu un quart d'heure plus tard, escorté par le médecin du pays. Étrange praticien, en vérité. Il ressemblait à un colporteur, avec son vêtement de toile mince, fatigué, ses lunettes cerclées de fer dont une branche était rafistolée avec du fil blanc et ses joues mal rasées…

Il s'est accroupi au bord du lit pour ausculter la jeune femme. D'abord la tête… Puis le reste du corps… Au fur et à mesure de ses investigations, il la dévêtait et je me sentais rougir parce qu'elle était belle et bien faite… Quand il a eu fini, il a hoché la tête.

— Pas beaucoup de mal, m'a-t-il dit.

Il a pansé les plaies après les avoir nettoyées et m'a demandé cinquante pesetas qu'il a empochées d'un geste preste d'homme cupide.

— *Hasta mañana !*

— À demain, docteur…

Je trouvais son diagnostic un peu hâtif et ses soins des plus sommaires, mais je n'ai rien dit. Quand il a été parti, j'ai bordé la femme et j'ai touché son front. Il était frais, et elle respirait maintenant régulièrement, comme si elle dormait.

— Couché ! m'a dit le vieux Patricio en me montrant ma chambre.

— Et la police ?

Il a froncé les sourcils. Le mot le troublait.

Je le regardais danser d'un pied sur l'autre. Il sentait la sueur, et le gros vin rouge d'Espagne avait déposé sur ses lèvres une pellicule violacée qui s'écaillait aux commissures.

Il a dû songer que les carabiniers passaient tous les matins sur la plage et venaient se faire offrir à boire à la Casa…

— *Mañana…*

« Mañana », il serait temps d'aviser… On n'est pas pressé en Espagne… C'est un pays qui vit replié sur sa grandeur ancienne et qui n'a pas encore été saisi par le vertige du progrès.

J'ai jeté un dernier coup d'œil à la jeune femme allongée sur ce lit monacal, avec ses longs cheveux blonds en guise d'oreiller. Elle faisait un peu personnage de légende… Son visage fin recelait un mystère…

Je me suis arraché à cette contemplation. J'aurais passé le reste de la nuit à la regarder, comme un sculpteur de génie regarde le gisant de marbre né de son ciseau.

Mañana!

Oui, demain… Demain, peut-être, je saurais…

2

J'ai mis beaucoup de temps à m'endormir. Tricornio, le chien de la Casa, aboyait à tout moment, sur la plage, après les bateaux de pêche dont les feux de position mettaient au large une sorte de frontière lumineuse. J'étais angoissé. Dans l'obscurité de ma petite chambre, je revivais les différentes phases de l'accident... Je n'arrivais pas à m'abandonner au sommeil... C'était toujours la même séquence qui se déroulait dans ma tête, car il ne me suffisait pas d'ouvrir les yeux pour l'interrompre : cela se passait en moi. Je voyais le triangle lumineux de mes phares, la route grise, les haies de lentisques et cette silhouette vite identifiée qui, sans que je comprenne, se lançait devant moi. Tout mon corps devenait un frein, une concentration de muscles s'insurgeant contre l'inévitable. J'éprouvais le choc... Et à nouveau, hideuse comme la perpétuité de l'enfer, se posait à mon cerveau affolé la même question : a-t-elle du mal ?

La boîte à violon éclatée... Des détails auxquels je n'avais pas pris garde, mais que pourtant mes sens avaient enregistrés, affluaient, dans l'ombre lourde... Je revoyais des clés noires éparpillées sur le goudron, au bout des cordes... L'éclat velouté du capitonnage pourpre de la boîte...

Enfin j'ai fini par m'assoupir, puis par m'engloutir tout à fait dans un sommeil au fond duquel mugissait la Méditerranée.

Comme chaque matin, c'est l'entrain des domestiques qui m'a réveillé. Ils étaient trois. Il y avait Tejero, le serveur indolent ; Pilar, la plongeuse ; et Pablo, un adolescent un peu idiot qui faisait tout et rien et dont la principale utilité était de soulager les nerfs du père Patricio lorsque celui-ci avait forcé sur la manzanilla.

Au réveil, tous trois chantaient, en nettoyant la salle, des flamencos désespérants que je fuyais d'ordinaire pour prendre mon premier bain. Lorsque j'ai ouvert les yeux, ce matin-là, j'ai retrouvé mon angoisse intacte. Toutes mes pensées étaient là, qui m'attendaient.

J'ai bondi hors de mon lit et, nu-pieds, j'ai couru à la chambre de l'inconnue.

Les serveurs, qui n'étaient au courant de rien, me regardèrent avec surprise.

— *Amigo ?* me demanda Tejero.

— *Si...*

J'ai poussé la porte.

*
* *

Elle était éveillée et se tenait assise sur son lit, le dos au mur de plâtre, examinant les écorchures couvrant ses bras.

Au bruit que j'ai fait en entrant, elle a relevé la tête et, pour la première fois, j'ai vu ses yeux.

Ils étaient fauves et emplis de paillettes d'or. Ils donnaient de l'intelligence à sa beauté et c'est vraiment le plus beau cadeau qu'on puisse faire à une jolie figure.

Elle me fixait. L'arrivée d'un homme en pyjama dans cette chambre minuscule devait la dérouter. Je lui ai souri, cherchant par où commencer.

Et naturellement, j'ai proféré les paroles les plus banales qu'un imbécile de mon espèce pût trouver.

— Vous avez bien dormi ?

Elle n'a pas répondu. Ses yeux ardents me fouillaient jusqu'à l'âme. J'y lisais un ardent besoin de savoir.

— Je... C'est moi qui vous ai renversée cette nuit en auto... Comment vous sentez-vous ?

Soudain, j'ai réalisé que je lui adressais la parole en français et que, par conséquent, il y avait de fortes chances pour qu'elle ne comprît pas.

Les serveurs se tenaient immobiles dans l'encadrement, regardant avec surprise cette pensionnaire qu'ils n'avaient pas vue arriver... La face blême et stupide de Pablo m'a agacé. J'ai poussé la porte du pied. Au-dessus de la tête de ma victime, une lucarne laissait entrer le soleil. Dans l'intense lumière, sa peau prenait un éclat extraordinaire. Je n'avais jamais vu une peau aussi tentante, j'avais envie de la caresser, tellement elle me paraissait douce et tiède.

Je me suis assis sur le lit.

— Vous permettez ?

Elle me tenait sous son regard fauve, mais son expression anxieuse s'apaisait et elle semblait tranquille maintenant.

— Que m'est-il arrivé ?

J'ai sursauté. Elle venait de parler d'une voix brève, en un français dépourvu de tout accent.

— Vous êtes française ?

— Française ?

Elle a réfléchi un peu, comme si elle comprenait mal le sens du mot. Puis elle a eu un hochement de tête…

— Oui… Française…

Le choc semblait lui avoir perturbé la mémoire. J'ai ressenti à nouveau une grande inquiétude.

— Vous ne vous souvenez pas ?

Elle a eu une crispation. Chaque mot passait au travers d'un filtre avant d'atteindre son entendement.

— Non…

J'ai vu qu'elle regrettait sérieusement de ne pas se souvenir. La soif de savoir lui faisait mal.

— Cette nuit, sur la route… Vous…

J'ai hésité. Je ne pouvais lui parler de son suicide manqué. Le mot « accident » me paraissait plus convenable.

— Je vous ai accrochée avec mon auto ; vraiment, vous ne vous rappelez pas ?

— Non…

— Où habitez-vous ?

Elle a porté sa main à sa tête… Son front s'est plissé sous l'effort.

— Je ne sais pas !

— Vous demeurez en Espagne ?

Elle a sursauté. D'une voix incrédule, elle a balbutié :

— En Espagne ! Pourquoi en Espagne ?

— Vous ne savez pas que nous sommes en Espagne ?

Il y a eu comme une lueur amusée dans son regard, mais ç'a été fugace.

— Vous plaisantez !

— Je ne plaisante pas… Nous sommes à Castelldefels, c'est-à-dire à quelques kilomètres au sud de Barcelone. Barcelone, voyons, ça ne vous dit rien ?

J'en avais la gorge sèche. Si elle ne se souvenait plus qu'elle se trouvait en Espagne, son cas était sérieux. J'ai encore bégayé, d'une voix qui ne passait plus :

— Barcelone…

— Non ! C'est vrai ?…

Et, tout à coup, sans que rien le laisse prévoir, elle a éclaté en sanglots. Elle pleurait comme pleure une toute petite fille, sans avoir l'instinctive pudeur de cacher ses larmes.

— Que m'est-il arrivé ? Que m'est-il arrivé ?

J'ai posé ma main sur sa nuque. C'était chaud et plus doux encore que je ne pensais.

— Ne vous désolez pas, c'est le choc… Ça va se tasser… Attendez, on va s'y prendre autrement, je me conduis comme une brute…

Elle s'est arrêtée de pleurer. Son visage reflétait un brusque espoir. Elle est restée attentive…

— Vous souffrez ?

— À la jambe, un peu… À la tête, aussi… J'ai un bruit dans les oreilles…

— Oui, la commotion… Je vous promets que ça va passer… Ayez confiance, je vous mènerai chez un grand toubib à Barcelone.

Ça l'a fait tiquer.

— Barcelone !

Je me comportais décidément avec des grâces d'éléphant…

— Comment vous appelez-vous ?

Elle a secoué la tête.

— Mais je…

— Oui ?…

— Je ne sais pas !

Ce que j'ai éprouvé à cet instant ressemblait à de la colère. Je n'acceptais pas ce coup du sort.

— Comment, vous ne savez pas ! Tout le monde a un nom… Ça ne s'oublie pas un nom ! Bon Dieu, faites un effort pour vous souvenir… Votre nom ! Votre nom ? Durand ? Martin ? Boileau ?… Ce sont des noms, vous comprenez ? Moi, par exemple, je m'appelle Daniel, Daniel Mermet.

Cet éclat l'a épouvantée. Elle a perdu la confiance qu'elle me témoignait ; pourtant, elle n'a pas pleuré.

Elle a seulement baissé la tête comme si elle avait honte.

Ça m'a anéanti.

— Pardonnez-moi... Je suis navré de vous voir ainsi à cause de moi...

Je lui caressais les cheveux... J'ai senti la bosse de sa tempe sous mes doigts. La blessée a eu un sursaut causé par la souffrance.

— Ça vous fait mal ?

— Oui...

J'ai examiné la bosse. Elle était laide, violacée, avec un petit trou noirâtre à son sommet. C'était par ce minuscule orifice que sa mémoire avait fichu le camp...

— J'y pense, vous devez avoir des papiers... On ne se promène pas à l'étranger sans pièces d'identité...

Ses vêtements étaient là, pêle-mêle sur l'escabeau. Je les ai palpés. Ils ne contenaient rien d'autre qu'un mouchoir marqué d'un « M ».

— Votre prénom doit commencer par M... Ne serait-ce pas Marie ?

Elle a répété.

— Marie... Marie...

Ça n'était pas ça. Je l'ai compris à la façon dont elle prononçait le nom. Il ne lui était pas familier...

— Attendez, on va essayer autre chose... Prenez votre temps... Mariette ?

— Non...

— Fermez les yeux... Voilà... Je vais vous appeler par différents prénoms commençant par M. Peut-être aurez-vous une sensation de déjà connu. N'est-ce pas, Marcelle ?

Elle a rouvert les yeux.

— Je ne m'appelle pas Marcelle.

On étouffait dans cette pièce. J'ai ouvert la lucarne et le bruit de la mer s'est amplifié. Le bruit de la chaleur aussi… C'est à mon avis le plus beau de tous les bruits… Il est craquant, pétillant, joyeux… Il bourdonne… Il varie, il exalte.

— Dites, Martine…

Le jeu avait je ne sais quoi de sinistre… Il me déprimait… À quoi cela rimait-il ? S'il fallait se livrer à une pareille gymnastique pour retrouver un prénom, jamais par un tel procédé on n'arriverait à lui reconstruire un passé valable…

— Marguerite ?

— Non…

— Madeleine ?

— Non !

Plus nous avancions dans l'énumération, plus ses « non » se faisaient menus et tristes.

— Marthe ?

À la fin, elle s'est contentée de secouer la tête… Puis elle a fermé les yeux, épuisée par cet effort prolongé. Au bout d'un moment, elle dormait. Alors je suis sorti de la chambre sur la pointe des pieds et j'ai refermé la porte en la soulevant un peu pour l'empêcher de grincer.

3

Je me sentais un peu perdu en retrouvant la grande salle fraîche où les autres pensionnaires – tous espagnols – prenaient leur petit déjeuner. J'aurais voulu pouvoir m'entretenir de la situation avec quelqu'un qui fût capable de s'exprimer couramment dans ma langue, mais les rares personnes qui parlaient français, à Castelldefels, le parlaient très mal. La conversation avec elles se limitait toujours à des considérations d'ordre alimentaire.

Le père Patricio faisait une sérieuse collation en ponctuant chaque bouchée d'une lampée de vin bu à la régalade. Il se versait de très haut dans le gosier un filet du liquide violine contenu dans un flacon à double orifice. En m'apercevant, il a hoché la tête.

— *Señora*, bien dormir, a-t-il déclaré avec satisfaction.

— *Si*…

— Française…, l'ai-je prévenu.

Ça a eu l'air de le soulager.

— Ah ?

— *Si.*

Je me suis tu. Les deux carabiniers qui inspectaient la plage trois fois par jour entraient, le fusil à l'épaule, le tricorne avantageux, louchant sur les cuisses des estivantes en maillot.

Le père Patricio a levé la main en guise de bienvenue. Tous les gens d'ici craignaient les carabiniers comme la peste et leur faisaient une cour honteuse. Les deux militaires ont pris place à la table et Tejero, de son allure morne, a apporté deux verres et une bouteille pleine.

Patricio s'est mis à leur parler d'une voix lente. Il leur narrait mon aventure de la nuit, car les carabiniers me jetaient de fréquents regards intéressés. Fréquemment, le mot « *francés* » revenait dans le discours du vieux. Quand il a eu terminé, il a enfourné un formidable quartier de saucisson à l'ail et les carabiniers sont allés ouvrir la porte de la chambre où dormait l'inconnue.

Je les ai suivis. Un obscur besoin de la protéger me poussait. Les policiers sont restés dans l'encadrement. Le drap de leur uniforme dégageait une âcre odeur de sueur et de suint. Ils se sont attardés dans la contemplation de la blessée, sans parler. Puis ils m'ont regardé d'un air de reproche et ont refermé la porte.

— *Papeles!* a grommelé le plus jeune qui portait un mince galon de laine.

Je ne comprenais pas.

— *Pasaporte!*

J'ai fait un geste d'assentiment et je suis allé prendre mon passeport. Ils l'ont détaillé, ainsi que mon permis de conduire international et le triptyque de ma voiture.

— *Pasaporte* de la *señora* ?

— Je n'ai pas... Je ne sais pas qui est elle...

À grand renfort de gestes, je leur ai expliqué qu'elle avait perdu la mémoire... Et je leur ai raconté l'accident... Ils m'ont fait un signe vague, mais que j'ai interprété comme étant rassurant. Ils ont pris mon identité par écrit sur un méchant carnet puis sont allés vider leur verre. Patricio m'a cligné de l'œil. Ensuite les carabiniers sont partis sur la plage brûlante et j'ai regardé leurs longues ombres baroques gondoler sur les ondulations du sable.

— Très bien, a fait le père Patricio.

Il m'a expliqué à sa façon que les carabiniers se moquaient éperdument que j'aie écrasé une Française. Du moment qu'aucun cadavre n'encombrait la voie publique, c'était tout ce qu'ils demandaient !

En soupirant, je suis allé prendre ma douche au cabinet de toilette commun. Je me suis rasé et j'ai changé mon pyjama contre une chemise à carreaux et un blue-jean... Mon chevalet, planté contre le mur de ma chambre, me sollicitait. D'un geste quasi automatique, j'ai passé sur mon épaule la bretelle de ma boîte à peinture.

Du regard, j'ai interrogé la patronne qui sortait de la chambre de l'inconnue. La mère Patricio était une grosse femme gentille à laquelle je ne connaissais qu'un défaut : son obstination à cuire des plats à l'huile.

Joignant les mains, elle a appuyé sa joue mafflue dessus pour m'indiquer que la blessée se reposait. Son homme l'avait mise au courant de l'histoire et elle était surexcitée...

Je suis sorti de la Casa... Ce matin-là, la mer était d'un vert profond qui me rappela l'Adriatique. Mon tempérament de peintre a repris possession de moi. J'ai descendu la plage et je suis allé enfoncer les trois pieds de mon chevalet en bordure de l'eau, à cet endroit où le sable est humide, mais hors d'atteinte du flot.

Je ne peignais pas la mer, mais au contraire l'alignée de constructions pittoresques formant une espèce de guirlande bariolée tout le long du littoral.

Après tout, j'avais le temps de statuer sur le cas de la jeune femme. Il fallait tout d'abord attendre l'avis du médecin... L'après-midi, j'irais au consulat de France à Barcelone. Là-bas, on saurait quoi me dire. L'identité de ma victime ne devait pas être difficile à découvrir. Il lui avait fallu des papiers pour entrer en Espagne. Elle avait dû descendre quelque part... Sans doute des gens l'accompagnaient, qui signaleraient sa disparition ?

Puis, il n'y avait pas de quoi se tourmenter outre mesure... L'essentiel était de ne pas avoir sa mort sur la conscience.

Je me mis à peindre. Et, quand je peins, plus rien n'existe au monde que ma palette constellée de couleurs, et l'univers spécial que je crée en deux dimensions...

Et puis mon sujet me captivait. J'avais été bien inspiré en venant à Castelldefels. Malgré le soleil infernal, malgré la mer, malgré les pick-up épars moulant des fados et des flamencos, malgré les riches couleurs, toute la tristesse de l'Espagne était là, sous mes yeux. Ces petites constructions typiques couronnant le sommet de la plage dégageaient je ne sais quoi de désespérant. Et les baigneurs aussi étaient tristes… Au fond, n'étaient-ce pas eux qui donnaient le ton à ce paysage ? Vêtus de maillots archaïques, trop longs, sans grâce… Les visages graves jusque sous le rire… Anxieux et résignés… Mal nourris…

Je peignais comme un athlète accomplit l'effort libérateur. Mon cœur battait et ma température montait. C'était bon et déprimant. Ça me fatiguait et me transportait… Je frémissais en dégageant de mes tubes le bleu idéal que je cherchais… Le bleu triste de l'Espagne… Un bleu intense et usé qui ne reflète pas la moindre paix, contrairement aux autres bleus.

Parfois, des baigneurs s'arrêtaient près de moi, et silencieux, me regardaient travailler. Depuis longtemps, ces yeux curieux ne m'incommodaient plus. Je n'éprouvais plus la moindre gêne à me sentir observé parce que, à la longue, j'avais fini par faire abstraction de tout ce qui n'était pas mon art… Ma vie, dans ces moments frénétiques, ne dépasse pas le rectangle de toile sur lequel je m'assouvis. Ce rectangle est un territoire inviolable où je règne en maître absolu.

Pourtant, j'ai fini par remarquer une ombre insistante derrière moi. Ayant déposé sur ma toile une touche qui m'enchantait, je me suis retourné. C'était elle. Elle était là, nu-pieds, avec ses cheveux défaits, son corsage déchiré et ses pansements au genou et au bras.

Du coup, j'ai abaissé ma palette !

— Vous ! Mais... comment...

Elle était un peu pâle. Sa peau restait toujours aussi veloutée, mais la teinte s'était modifiée comme celle d'une étoffe restée trop longtemps dans un tiroir.

— C'est le vieux avec la chemise... Il m'a montré où vous étiez !

— Vous parlez espagnol ?

— Non... Mais il... il a compris que je voulais vous voir...

C'est idiot, mais ça m'a fait du bien. Qu'elle ait eu besoin de me rejoindre m'a rempli d'une joie exubérante.

— Vous ne vous sentez pas mal ?

— Non... J'ai faim...

— Venez, on va manger...

J'ai rangé mes tubes et mes pinceaux dans la boîte.

— Vous êtes peintre ?

— Oui...

J'aurais voulu lui poser un tas de questions, histoire de vérifier où en était son amnésie. Je n'ai pas osé.

— Vous avez du talent, a-t-elle murmuré.

Elle ne perdait pas ma peinture du regard.

— Vous trouvez ?

— Oui... Vos bleus, surtout !

Ça m'a frappé. Je l'ai prise aux épaules et j'ai planté mes yeux dans les siens.

— Qui êtes-vous ? ai-je balbutié dans un souffle.

Un léger voile a assombri l'intensité de son regard.

— Je ne sais pas... Vous êtes sûr que nous sommes en Espagne ?

— Vous avez dû vous en rendre compte, non ?

— Oui...

Elle a regardé le haut de la plage. On voyait la Casa Patricio avec sa façade longue et blanche, ses volets verts et la grosse tache rouge de la réclame du Coca-Cola.

— C'est beau, vous ne trouvez pas ?

— Oui.

— En Espagne... J'avais toujours rêvé d'y venir...

C'était sorti comme ça. Je lui ai pris le bras.

— Donc vous vous souvenez ?

— Non, pourquoi ?

— Vous dites que vous aviez toujours rêvé de venir en Espagne...

Elle a étudié au fond d'elle-même je ne sais trop quelle manifestation d'une vie antérieure.

— Non, je ne me souviens de rien... Je *sens* que j'ai toujours rêvé de connaître l'Espagne, c'est tout... Je le sens, je le comprends en regardant autour de moi.

J'ai arraché mon chevalet du sable humide. Je le tenais éloigné de moi, pour protéger ma toile fraîche... De l'autre main, j'ai pris la taille de... de X pour l'aider à marcher.

4

Elle a mangé de bon appétit, et même avec une certaine gloutonnerie, ce qui contrastait étrangement avec ses manières réservées.

L'idée m'est venue qu'elle n'avait peut-être pas pris de repas depuis longtemps… Je pensais à la boîte à violon. Il est surprenant qu'une jeune femme se balade en pleine nuit sur une route d'Espagne munie d'un violon en guise de bagages. Peut-être était-ce une musicienne d'orchestre venue pour la saison sur la Costa Brava ? Elle avait dû perdre son emploi et c'était ce qui l'avait poussée à cet acte désespéré.

— D'où êtes-vous ?

J'avais posé la question à brûle-pourpoint, sans cesser de manger. Je voulais essayer de débusquer ses souvenirs par de soudaines questions posées sur le mode innocent.

Du même ton, elle a dit, la bouche pleine :

— De…

Puis elle s'est arrêtée net. On eût dit qu'on venait de lui lancer un coup de poing en plein visage. Elle a avalé le morceau de tartine qui lui emplissait la bouche, d'un seul coup de gosier.

— C'est affreux, a-t-elle soupiré. Je ne sais plus... Du flou... Du gris...

Deux larmes sont nées au bord de ses longs cils ; je les ai regardées rouler sur ses joues, avec le sentiment déprimant de ne rien pouvoir faire...

Mollement, j'ai murmuré :

— Allons, ne pleurez pas, je suis là...

Ça paraissait sans doute prétentieux, mais franchement je ne trouvais rien de plus réconfortant. Elle a continué de manger, en fixant son bol de café que les tartines beurrées étoilaient de petites bulles brillantes.

Je la considérais d'un œil triste. D'après sa mise, c'était une femme de condition moyenne, ou du moins qui n'avait pas de grosses possibilités financières. Sa jupe et son corsage devaient être vendus en solde à l'intérieur des grands magasins... Ça m'a donné l'idée de vérifier le label de ses effets. Il pouvait fournir une indication.

— Vous permettez ? me suis-je excusé en retournant le col de son corsage.

Elle était docile comme une malade. J'ai trouvé le rectangle d'étoffe portant le nom du chemisier. « Établissements Février, Saint-Germain-en-Laye, S.-et-O[1]. »

1. Jusqu'à la loi du 10 juillet 1964, la commune faisait partie du département de Seine-et-Oise. Le redécoupage des anciens départements de la Seine et de la Seine-et-Oise fait que la commune appartient désormais au département des Yvelines. *(N.d.E.)*

— Vous connaissez Saint-Germain ?

Elle n'a pas entendu. Elle rêvassait tout en mangeant.

— Dites : Saint-Germain-en-Laye… Ça ne vous dit rien ?

Son petit « non » est tombé comme un couperet. Je n'ai pas insisté.

*
* *

Lorsqu'elle a eu terminé sa forte collation, Pilar, la plongeuse, l'a conduite jusqu'au cabinet de toilette. Tejero est venu desservir. Il m'a désigné la chaise vide de l'inconnue et s'est vrillé la tempe avec son index.

— *Loca !*

J'ai haussé les épaules.

Les autres pensionnaires me regardaient avec réprobation. Je ne sais comment ils interprétaient mon attitude, en tout cas elle ne concordait pas avec les mœurs pudibondes du pays.

Tous ces gens m'agaçaient. Jusqu'à la *señora* Rodriguez qui me boudait ! Pourtant elle-même se trouvait au ban de la petite société de la Casa Patricio, parce que chaque week-end un homme venait la rejoindre et ça n'était jamais le même !

J'ai quitté la salle commune. La mère Patricio préparait du poisson pour le déjeuner, comme tous les jours. Elle n'a pas répondu à mon sourire… Et Pablo, le demeuré, a baissé les yeux sur mon passage.

Bonté divine ! Qu'est-ce qu'ils s'imaginaient tous ? Que j'écrasais les femmes pour le plaisir de les rendre amnésiques et de les avoir à ma discrétion ?

Rageur, je suis allé sortir ma voiture du hangar de roseaux et j'ai attendu que la blessée eût terminé sa toilette en fumant une cigarette espagnole qui avait un goût âcre d'herbe brûlée.

Lorsqu'elle a réapparu dans le soleil écrasant la Casa, avec ses cheveux blonds attachés sur la nuque et sa peau neuve, toute luisante, j'ai eu comme un choc. J'aurais voulu l'immobiliser et peindre immédiatement ce sujet merveilleux.

J'ai lancé un bref coup de klaxon afin d'attirer son attention. Elle a mis son bras pansé en visière devant ses yeux et m'a aperçu... Je lui ai ouvert la portière.

— Montez...

— Où allons-nous ?

— À Barcelone.

D'une voix noyée, elle a répété :

— Barcelone.

Je sentais qu'elle n'arrivait pas à se faire à l'idée que nous étions vraiment en Espagne.

— Nous allons tirer votre cas au clair...

— Comment ?

— En prévenant le consulat de France, d'abord, puis la police espagnole... Que diable, vous n'êtes pas tombée du ciel. Et quand bien même vous en seriez tombée, quelqu'un a bien assisté à cette chute !

Elle a eu son petit sourire navré qui me peinait plus que ses larmes.

— C'est étrange, n'est-ce pas, ce qui m'arrive ?

— Ça n'est pas fréquent, d'accord, mais on a déjà vu des cas semblables, vous savez...

La voiture dansait sur le mauvais chemin gondolé qui, à travers la pinède, menait à l'autoroute. Sur notre passage, nous soulevions un formidable nuage de poussière jaune. Ma voiture avait changé de couleur. Elle ressemblait à quelque engin de guerre camouflé. Cette poussière de terre nous brûlait les yeux et nous faisait tousser... Enfin, nous avons débouché sur le goudron.

Les haies bordant la voie principale étaient en fleur et des oiseaux s'égosillaient un peu partout. D'invraisemblables et vétustes véhicules roulaient en ferraillant sur l'autoroute.

— C'est pittoresque, a remarqué ma victime.

Elle s'intéressait à tout et regardait avec une avidité croissante cette vie si différente de la nôtre...

Moi je songeais qu'à la même heure, à douze cents kilomètres de là, à Saint-Germain-en-Laye, quelqu'un pensait peut-être à la femme qu'elle était devenue...

Je l'ai regardée. Le soleil embrasait tout un côté de son visage, révélant sa carnation incomparable. Je me suis dit que lorsqu'elle était heureuse, elle devait être plus que belle.

— J'aimerais faire votre portrait.

Elle a tourné vers moi sa figure pensive.

— Pourquoi ?

— Parce que vous avez un visage intéressant...

— Moi ?

Elle semblait vraiment surprise.

— Oui, vous ! Votre visage inspire un artiste... On peut le peindre, l'écrire ou le jouer... Je ne sais pas si vous me comprenez.

— Je comprends ce que vous voulez dire, mais je ne comprends pas que ma figure soit cela...

— Et pourtant elle l'est...

Nous sommes passés devant une porcherie et une odeur effroyable de fumier surchauffé nous a soulevé le cœur. Ensuite, ç'a été la dérivation conduisant à l'aéroport de Barcelone. Instinctivement, j'ai jeté un regard sur l'autre voie dans l'espoir de repérer les débris de la boîte à violon. Mais je n'ai rien vu. Rien n'est plus mouvant qu'une route... Depuis l'accident, beaucoup de gens étaient passés. Les premiers avaient recueilli les débris de l'instrument et les pneus des autres en avaient effacé les traces.

Nous parvenions sur la plaza de España. Des employés de la voierie enlevaient les ordures dans de petits tombereaux traînés par des ânes. D'autres arrosaient les trottoirs et une bonne odeur de chaleur mouillée flottait sur ce coin de la grande ville.

À un carrefour, un policier vêtu et casqué de blanc faisait la circulation en s'efforçant de ressembler à un automate.

Je me suis arrêté à sa hauteur.

— Vous parlez français ?

— *No.*

— *Do you speak english ?*

— *Yes.*

Derrière moi, un tramway crème carillonnait. Le flic lui a fait signe de patienter. Je lui ai demandé où se trouvait le consulat de France et il me l'a indiqué.

Ma compagne m'a désigné les arènes de la plaza de España sur la gauche.

— Ce sont les arènes ?

— Oui.

— Je les imaginais autrement... Plus... plus romaines ! Elles font un peu cirque, vous ne trouvez pas ?

C'était exactement l'impression que j'avais eue en arrivant à Barcelone.

— C'est vrai.

— Vous avez déjà assisté à des corridas ?

— J'y vais toutes les semaines...

— C'est bien ?

— Quand on aime ça, c'est formidable et un peintre ne peut pas ne pas aimer ça...

— Je voudrais voir une corrida...

— Demain, il y en a une plaza Catalan, je vous y mènerai.

Cette promesse m'a surpris. J'étais là, avec cette émanation de la nuit que je cherchais à reclasser dans la niche de la Société qu'elle occupait avant de se flanquer sous ma voiture... Et voilà que je faisais presque des projets d'avenir la concernant ! Je voulais peindre son portrait, lui montrer des courses de toros...

Elle a médité un moment. Nous roulions dans les artères peu encombrées. Dix heures, c'est pour ainsi dire l'aube en Espagne.

— Vous vivez de votre peinture ?

— Oui… C'est rare… je sais ! J'ai eu de la veine : un gros ponte s'est emballé sur mon œuvre l'an dernier. Une galerie s'est intéressée à moi et m'a signé un contrat. Oh, ça n'est pas la fortune, mais elle me sert une confortable mensualité me permettant de peindre sans avoir à m'occuper du steak et des notes de gaz… Alors, je voyage… Je suis attiré par le soleil… Il est la vraie lumière…

— Comme Van Gogh !

C'était effarant ! Elle ne se rappelait plus son nom, mais elle se souvenait de celui de Van Gogh… Quel psychiatre pourrait se retrouver dans les méandres de son subconscient ?

Nous arrivions devant la hampe du consulat. Je l'ai fait descendre de l'auto et nous avons franchi le porche où un policier montait une garde débonnaire en roulant une cigarette de tabac noir.

J'ai dit à ma compagne de m'attendre dans l'antichambre pendant que le consul me recevait. Je voulais parler hors de la présence de la jeune femme pour ne pas avoir à chercher mes mots. Le consul était un homme entre deux âges qu'on n'aurait pas différencié d'avec les Espagnols si on l'avait croisé dans la rue. Il était courtois et sévère avec l'air maussade d'un homme qui déclenche la trotteuse de son chrono lorsque vous poussez la porte de son bureau.

— De quoi s'agit-il ?

Je lui ai raconté mon aventure par le menu. Il l'a écoutée sans m'interrompre, mais en jetant parfois un regard à son bracelet-montre.

Enfin, lorsque je me suis tu, il a eu un léger hochement de tête.

— Cela n'est pas de mon ressort, a-t-il déclaré.

— Pardon ?

— Rien ne prouve que cette personne soit française.

— Mais, monsieur le consul, elle ne connaît que le français et ses vêtements ont été achetés dans la banlieue parisienne !

— On ne peut considérer ces indices comme des preuves !

— Enfin, monsieur le consul...

Il a tranché d'un ton qui n'avait pas l'habitude d'admettre la réplique.

— Faites une déclaration d'accident à votre assureur.

Je me suis mis en rogne.

— Ça n'est pas mon assureur qui recherchera son identité. Je suppose qu'elle n'est pas seule au monde... Des gens doivent l'attendre !

— Voyez la police locale... Attendez, je vais m'en occuper...

Il a décroché le téléphone et composé un numéro... Quelqu'un a répondu à son appel... Il s'est mis à converser en espagnol. De temps en temps, il mettait la main sur la passoire d'ébonite pour m'interroger.

— À quel endroit s'est produit l'accident ? Comment vous appelez-vous ? Où êtes-vous descendu ? Signalement de la blessée... Voulez-vous la conduire à un hôpital ?

J'ai répondu en détail à chacune des questions, mais en ce qui concernait la dernière, j'ai lâché un « non » très sec.

Le consul a encore parlementé un bon moment, puis il a posé brutalement le combiné sur sa fourche.

— Voilà, il ne reste plus qu'à attendre. S'il y a du nouveau, les autorités locales vous préviendront...

— J'aimerais faire visiter cette jeune fille par un bon médecin, pouvez-vous m'en indiquer un ?

Il m'a écrit une adresse sur une feuille de bloc.

— J'espère que ce praticien parle français ? ai-je bougonné.

— Soyez sans inquiétude, il a fait ses études à Paris...

— Très bien, je vous remercie...

Le diplomate m'a accompagné jusqu'à la porte de l'antichambre. Une fois là, il s'est arrêté, sidéré à la vue de ma victime. Il n'avait pas pensé qu'elle pouvait être jolie et ça le prenait au dépourvu.

— Au revoir, monsieur le consul...

J'ai saisi le bras de l'inconnue et je l'ai entraînée dehors. Au fond, je n'étais pas mécontent de cet immobilisme, car je n'étais pas pressé de me séparer d'elle.

5

C'est seulement quand nous avons pris place dans ma voiture qu'elle a osé me questionner.

— Alors ?

— J'ai fait la déclaration au consulat. Le consul a prévenu la police… Il est probable que les autorités vont vérifier les disparitions qu'on leur signalera. Sans doute vont-elles communiquer une note aux hôtels en donnant votre signalement. Il faut attendre…

— Mais que vais-je faire pendant ce temps ?

— Poser pour moi, je vous ai dit que je tenais à faire votre portrait…

Elle n'a rien dit et je l'ai conduite chez le docteur Solar sans proférer une syllabe de plus. Elle a vu la plaque de cuivre sur la grille de la maison de style espagnol et elle a compris. Pourtant, pas un muscle de son visage n'a bougé.

Une soubrette un peu grasse nous a reçus. Je lui ai dit que nous venions de la part du consul de France et que nous voulions voir le docteur au plus tôt. J'avais préparé quelques mots d'espagnol qui ont été suffisants. Elle nous a fait pénétrer directement dans le cabinet luxueux du praticien et nous nous sommes assis côte à côte, le cœur comprimé par un même malaise. Il s'est écoulé un bon quart d'heure avant l'entrée du médecin. Il devait être dans son bain car, lorsqu'il est entré, il sentait la savonnette et il avait des traces de talc sur les lobes de ses oreilles. C'était un robuste vieillard aux cheveux blancs et au teint olivâtre. Il parlait un français parfait, mais avec un fort accent.

Une fois de plus, j'ai résumé notre aventure. Elle a paru l'intéresser. Il s'est mis à examiner la tête de la jeune femme avec minutie.

Quand il a eu fini, il m'a pris à l'écart.

— Je ne pense pas que ce soit le traumatisme qui lui a occasionné cette amnésie. Le coup à la tête, si j'en crois la blessure bénigne, a été relativement léger... Je pense que cette femme souffrait déjà de troubles nerveux, ou bien est-ce l'émotion causée par l'accident qui a provoqué chez elle une commotion psychique...

— Que faut-il faire, docteur ?

Il aurait bien voulu le savoir lui-même. Du reste, il ne m'a pas bluffé.

— Nous nous trouvons devant un cas où la médecine redevient tâtonnante, monsieur. Je crois qu'il lui faut le calme... Dans quelque temps, si son cerveau n'émet pas de lueurs, nous essayerons des électrochocs.

— Votre conviction intime, s'il vous plaît ?

— Franchement, je n'en ai pas. Peut-être retrouvera-t-elle peu à peu la mémoire. Il est évident que si elle se trouvait en présence de gens ou de lieux qui lui furent chers, elle récupérerait davantage…

En bref, nous n'étions pas plus avancés en sortant de chez lui qu'en y entrant.

Nous avons repris la route de la Casa Patricio.

— C'est définitif, n'est-ce pas ? m'a-t-elle demandé au moment où je quittais l'autoroute pour prendre le chemin poussiéreux.

— Rien n'est définitif… Ne vous tracassez pas… Laissez-vous vivre…

Elle a fait un signe affirmatif. Elle était résignée.

Devant un groupe de maisons cossues, un attelage bizarre stationnait. Sur une charrette garnie de guirlandes fanées, un piano mécanique aux touchantes enluminures moulait de vieilles scies. Un homme en guenilles l'actionnait d'un mouvement accablé. Sa femme bordait un nourrisson couvert de croûtes suppurantes à l'arrière de la charrette. Elle avait de longs cheveux noirs, emmêlés, et l'air le plus tragique que j'aie jamais vu sur un visage.

La musique du piano était plus désespérante que l'attelage lui-même. Elle accrochait de la navrance aux pompons décorant les oreilles de l'âne.

Je me suis arrêté. Ma compagne avait les larmes aux yeux. Sa tristesse m'a fait du bien, car elle me prouvait qu'elle était accessible à la pitié. Que la détresse des autres l'émût, en cet instant où elle-même était si pitoyable, m'a noué la gorge.

— Je commence à apprendre beaucoup de choses sur vous, ai-je murmuré. Je sais déjà que vous êtes jolie et que vous êtes bonne. Ce sont les deux principales qualités qu'un peintre et un homme puissent espérer d'une femme.

6

J'ai remisé ma voiture sous le toit de roseaux.

— Venez...

Elle m'a suivi. J'étais un peu gêné en entrant dans la Casa ; heureusement, les pensionnaires étaient sur la plage et les Patricio s'activaient dans la cuisine. L'air empestait l'huile chaude. Je finissais par perdre tout appétit dans ce pays.

La jeune fille est restée debout au milieu du réfectoire, regardant Tejero disposer les couverts sur les nappes douteuses. Il a feint de nous ignorer.

J'ai touché le bras de ma compagne.

— Vos vêtements sont déchirés et poussiéreux. J'aurais dû vous en acheter d'autres à Barcelone... Ce sera pour demain... En attendant, je vais vous prêter un pantalon de toile et une chemise. Ils seront trop grands pour vous, sans doute, mais on n'en a rien à fiche !

Je crois que ce déguisement l'a amusée. J'avais justement un black-jean très étroit et une marinière de toile bleue... C'était naturellement bien trop grand, mais cette ampleur lui donnait un côté artiste qui lui allait bien.

La coquetterie féminine a repris le dessus. Elle s'est arrêtée devant le mauvais miroir du bar pour renouer ses cheveux.

— Voulez-vous que je commence tout de suite votre portrait ?

— Oui.

Ça a eu l'air de lui faire plaisir… Elle a rougi de contentement…

Je suis allé chercher mon attirail dans ma chambre. J'ai posé derrière le lit ma toile en cours et j'en ai choisi une de dimension moyenne, toute blanche.

Rien n'est plus angoissant qu'une toile blanche pour un peintre. C'est une sorte de fenêtre ouverte sur l'infini. Une fenêtre où peuvent surgir les plus troublantes métamorphoses.

Je connaissais un endroit tranquille, loin de la plage, dans la pinède. Le sol sableux était jonché de pommes de pin poisseuses et les cigales y menaient grand tapage.

J'ai balayé les pommes de pin et enfoncé mon chevalet profondément, de manière qu'il soit bas et que je puisse travailler à genoux. C'est à mon avis une position idéale pour peindre. Elle vous met dans l'état de ferveur nécessaire à une profonde concentration. L'agenouillement, c'est en somme l'exercice physique du recueillement.

— Asseyez-vous dans le sable.

Elle s'est laissée choir sur le sol poudreux. Vous avez vu tomber une étoffe de soie ? Elle décrit une figure gracieuse en chutant. Pour mon modèle, ç'a été ça…

— Il ne faut plus que je bouge ? a-t-elle demandé.

— Oh ! si… Ça n'a pas d'importance…

Mais elle est pourtant restée immobile, le visage un peu de profil, avec un œil qui me regardait en biais.

J'ai pris un pinceau assez fort et j'ai touillé du noir.

Un tableau, pour moi, ça commence toujours par du noir parce qu'à mon avis, c'est l'armature de votre œuvre. Je fais mon dessin en larges traits gras et, ensuite, la couleur vient s'installer sur cette charpente. Elle la fait disparaître lentement.

Du premier coup d'œil je l'ai eue. Vous savez, franchement, ç'a été le petit coup de patte qui différencie les vrais peintres des autres.

Ma compagne s'est installée sur ce rectangle blanc. Et c'était elle à crier… Ça allait presque au-delà d'elle-même. C'étaient ses traits, ses pommettes proéminentes, ses yeux profonds et attentifs, sa bouche un peu sceptique… Et puis c'étaient aussi sa calme tristesse, son tendre désenchantement.

J'étais transporté. Je ne sais combien de temps j'ai étalé de la couleur sur de la couleur. Je n'avais plus la notion de rien, ni du temps, ni du lieu, pas plus que de mon sujet sur le plan humain. Ce que je souhaitais dégager d'elle, je le voyais en elle. Elle s'abandonnait lentement, se dégageait de sa propre personnalité pour devenir ce que je voulais qu'elle fût. Je confondais mon travail avec mon modèle. Je prenais un être et je le versais sur une surface qui n'avait plus de limites…

À la fin, j'ai eu une lourdeur dans le bras, des crampes dans les jambes. J'ai lâché le pinceau et me suis affalé sur le sable chaud, de toute ma longueur. À plat ventre, les bras en croix, les pieds en flèche, j'écoutais les pulsations lointaines de la terre comme on écoute battre un cœur. Toute la chaleur de l'été espagnol était enfouie dans ce sable fin, d'un blanc légèrement grisâtre. Et elle montait en moi lentement.

J'ai perçu un glissement à mes côtés. C'était elle qui se rapprochait. Elle s'est assise, les jambes repliées sous elle, et l'ombre de sa main s'est allongée par terre comme l'ombre portée d'un oiseau. J'ai éprouvé une caresse sur ma tête. Elle avait posé sa main sur mes cheveux et ses doigts remuaient faiblement.

Je me suis redressé. J'ai étendu le bras pour l'attirer contre moi. Elle s'est laissée couler sur ma poitrine et n'a plus bougé. Son corps était plus chaud encore que le sable. Nous sommes demeurés étendus un long moment sans bouger. Je ne pensais à rien. J'étais heureux…

Et puis elle a murmuré :

— Dites voir « Marianne ».

Vous me croirez si vous voulez, mais ça n'est pas elle qui a reconnu le prénom, c'est moi. À la façon dont elle l'a prononcé, j'ai compris que c'était le sien.

Je lui ai saisi le cou et, bouche à bouche, j'ai balbutié.

— Marianne…

J'ai vu deux larmes rouler sur les ailes de son nez.

— Je m'appelle Marianne…

— Comment ça vous est-il revenu ?

— Je ne sais pas… Je crois que c'est d'être contre vous. J'ai eu envie que vous m'appeliez par ce nom.

— Il est très joli…

Je regardais ses lèvres et j'avais envie d'y poser les miennes. Mais aucun désir charnel ne participait à ce besoin. Je l'ai embrassée. Elle a gardé ses lèvres closes. Elles étaient fermes et douces.

— Marianne !

Mon amour pour elle est parti très exactement de là. Comme démarre une course quand le starter presse la détente de son pistolet. C'était le plus fort, le plus exaltant des amours, car il se vouait à un être absolument neuf. Je réalisais le grand rêve de tous les hommes : aimer une femme sans passé. Une femme pour qui on représente un commencement.

Pour elle, tout partait de la nuit précédente. Ce qui s'était passé avant concernait une autre Marianne qui avait péri sous les roues de ma voiture.

DEUXIÈME PARTIE

7

Je ne dirai rien des jours qui ont suivi, sinon qu'ils furent les plus magnifiques de ma vie. L'existence avec Marianne dans ce paradis brûlé de Castelldefels était un enchantement de toutes les minutes. Elle était infiniment douce et tendre. Je peux dire que nous avons vécu pratiquement bouche à bouche pendant deux semaines. Nous allâmes aux courses de toros, dans les restaurants de nuit de la côte où les feuillages roussis des arbres brûlaient de mille ampoules versicolores. Nous fîmes des excursions dans le maquis environnant et le long de la mer jusqu'à Sitges.

Il me semblait que le Créateur m'avait confié le soin de recommencer le monde avec cette femme. Elle avait jailli de la nuit, pour moi. Et je la gardais farouchement. Pourtant elle n'était pas ma maîtresse. Nous avions des caresses chastes et des élans lourds de passion, mais jamais nous n'allions jusqu'à la consommation de notre amour, et cela nous effrayait. Nous le désirions sans doute, mais confusément, et cela nous effrayait.

Les étreintes seraient pour plus tard. Je savais qu'elles nous apporteraient, certes, une plénitude, mais aussi qu'elles abîmeraient quelque chose d'unique. J'avais la chance inouïe de retrouver grâce à elle mon innocence d'adolescent. J'étais redevenu neuf avec elle. Elle m'avait donné ma chance. Et ça, c'était un cadeau inestimable.

On a fini par nous accepter à la Casa Patricio. Je crois que les autres ont été touchés par notre amour, et qu'ils nous ont pardonné son caractère insolite. De moins en moins se posait pour moi le problème de l'identité de Marianne. Au contraire, je redoutais de voir arriver quelqu'un, un matin, qui lui tendrait les bras et l'appellerait par son prénom… En compagnie de qui avait-elle franchi la frontière ? Ses parents ? Des amis ? Un amant ?… Un mari ? Elle ne portait pas d'alliance, mais cela ne voulait rien dire… Pourtant, elle se comportait comme une jeune fille et décidément, je ne la voyais pas mariée… Du reste je ne « voyais » rien de ce que j'appelais « sa vie antérieure » car j'aimais mieux ne pas songer à ce genre de chose.

Mari ou parents, ami ou amant, elle n'était pas venue seule et des gens la cherchaient. Ces gens iraient soit au consulat de France, soit à la police et on les brancherait sur Castelldefels… Mais rien ne se produisit et les jours passèrent dans la paix dorée que j'avais décrite.

J'avais terminé son portrait. Il était excellent du point de vue pictural et cependant il me déplaisait, car avec cette toile un phénomène s'était produit.

J'avais tellement réussi à capter la moindre expression de Marianne que je pouvais mieux lire son caractère sur ma toile que sur son visage. Or, j'avais découvert dans cet œil qui me fixait en coulisse je ne sais quel bizarre éclat qui m'incommodait. Ce pétillement semblait étranger au reste de sa personne. Il témoignait d'une attention soutenue, presque gênante à force de fixité.

Pour le fuir, j'avais enveloppé ma toile dans un cartonnage et glissé le tout dans le coffre de mon auto, mais de temps à autre j'allais le contempler à la cruelle lumière du jour. Et tout de suite, cet œil droit plongeait en moi et me faisait mal. Si je n'avais été aussi satisfait de mon œuvre, je crois que je l'aurais volontiers détruite.

L'original calmait mon trouble. L'éclat de l'œil existait bien dans la prunelle de Marianne mais il ne me produisait pas la même impression. Il était au contraire rassurant et je ne me lassais pas de son tendre rayonnement.

— Je t'aime, Marianne...

Elle rougissait un peu. J'embrassais les cheveux fous de ses tempes en pétrissant sa taille parfaite qui vibrait sous ma main.

Tout en elle me ravissait : son excitation, aux corridas, lorsque son visage s'empourprait et que sa bouche s'ouvrait sur des cris d'enthousiasme... Ses rêveries interminables, à mes côtés, tandis que je peignais... Elle se lovait dans le sable et le prenait à poignée. Elle le regardait couler de ses doigts serrés, en un mince filet d'or que le vent du large dispersait par saccades, comme une fumée.

Parfois, elle se mettait debout d'un bond et venait inspecter ma toile. Elle aimait ma peinture et la commentait avec une rare intelligence. Elle sentait ces formes étirées, ces couleurs puissantes. Elle percevait la poésie de mes sujets... Quel merveilleux public ! Un après-midi, tout de suite après la sieste, je peignais sur la plage, tourné vers la mer dans laquelle grouillait une foule miteuse. Marianne venait de prendre un bain et se faisait dorer sur une immense serviette-éponge à rayures multicolores. Il y avait un peu de brise et l'eau sentait très fort le sel marin. La voix cassée du père Patricio m'a hélé.

— *Señor francés ! Señor francés !*

Il n'avait jamais pu se mettre mon nom dans la tête. Je me suis retourné. J'ai vu qu'il brandissait un petit carré de papier blanc depuis l'étroite terrasse de la Casa !

— *Correo !*

J'ai posé ma palette. Une vilaine angoisse me serrait la gorge. Marianne somnolait, superbe, dans le soleil aveuglant qui faisait miroiter les paillettes de quartz et les débris de coquillages...

— Courrier !

Je ne recevais pratiquement pas de lettres. Ce devait être au sujet de Marianne... Je me suis dirigé vers la Casa Patricio d'une démarche accablée. Je pressentais une menace, une atteinte à mon bonheur.

Le vieux me regardait. Il avait depuis quelque temps un mauvais sourire lorsqu'il me parlait. Il comprenait mal le comportement de ce barbouilleur qui devenait amoureux perdu des femmes qu'il écrasait.

— *Correo !*

— *Gracias.*

J'ai eu un soupir soulagé. La lettre venait de Paris. Je reconnaissais même l'enveloppe qui appartenait à ma galerie. Je l'ai éventrée d'un coup d'ongle.

J'ai lu. Mon premier mouvement, en prenant connaissance du contenu, a été de joie, car Brutin, le directeur de la galerie Saint-Philippe, m'annonçait que ma peinture avait été remarquée par un mécène américain et qu'une grande exposition de mes œuvres aurait lieu deux mois plus tard à Philadelphie. C'était presque la gloire ! En tout cas, cela représentait un sérieux pas vers la fortune. Brutin me demandait de rentrer d'urgence à Paris car je devais partir aux États-Unis où, disait-il, « mon jeune âge et ma belle gueule représenteraient les meilleurs atouts publicitaires »...

Je me suis tourné vers la plage. Marianne était debout devant ma toile. Elle la contemplait sans bouger, la tête légèrement inclinée sur le côté droit.

Du coup, mon allégresse s'en est allée. Qu'allait-il advenir d'elle ? Nous allions être obligés de nous séparer. On ne fait pas franchir des frontières à quelqu'un qui n'a pas d'identité. J'ai brusquement compris que ce rêve dans lequel nous vivions n'était qu'un rêve et qu'il ne m'apportait qu'une félicité illusoire.

Cette situation ne pourrait s'éterniser. De toute façon, Marianne aurait besoin de devenir socialement quelqu'un.

Je me suis approché d'elle. Le sable brûlait mes pieds nus. Cette douleur n'était pas désagréable. Marianne regardait un insecte aux ailes bleutées qui venait de se coller sur ma toile. L'une de ses ailes s'était enlisée dans une touche de peinture fraîche et le pauvre diable remuait bêtement ses minuscules pattes en attendant du secours.

Alors Marianne l'a saisi délicatement entre le pouce et l'index. Elle a tiré un coup sec et l'aile arrachée est demeurée collée à la toile. Elle a ouvert la main et a examiné l'insecte mutilé. Il tournait en rond dans la paume de sa main, en traînant son autre aile comme un sabre.

Je me suis avancé, déconcerté par son intervention cruelle.

— Pourquoi as-tu fait ça, Marianne ?

Elle a sursauté, car elle ne m'avait pas entendu venir. Un bref instant j'ai vu briller dans ses yeux le fameux éclat qui me gênait sur le tableau. Puis sa figure s'est épurée.

— Mais, Daniel, il souillait ton paysage…

Je n'ai rien dit. Je tenais ma lettre à bout de bras.

— C'est… à mon sujet ? a-t-elle demandé.

— Non. On veut m'envoyer aux États-Unis pour faire une exposition de mes œuvres…

— Et tu ne veux pas ?

— Je voudrais, si… Mais avec toi…

Elle n'a pas compris. Elle a eu un sursaut joyeux et s'est jetée contre ma poitrine.

— Tu vas m'emmener ?

J'ai baissé la tête.

— Non ?

L'anxiété brisait sa voix.

— Pour aller aux États-Unis, Marianne, il faut des papiers...

— Ah oui, bien sûr...

Elle s'est écartée. Son beau visage avait repris l'air triste qui me poignait parfois.

— Je comprends, a-t-elle balbutié.

Elle est retournée s'allonger sur la serviette. Elle se tenait à plat ventre, la figure posée sur le sable.

— Je comprends, a-t-elle encore répété. Mais c'était maintenant à elle-même qu'elle disait cela.

Je me suis laissé tomber près d'elle.

— Eh bien, je vais la retrouver, ton identité, puisqu'on est obligés d'en arriver là !

Elle n'a pas bronché.

— Tu m'entends, Marianne ? Je vais agir maintenant... J'arriverai à savoir ton nom...

— Tu ferais ça, Daniel !

— Je vais le faire. Et vite, car cela urge...

J'ai plié mes affaires.

— Attends-moi là, je serai de retour pour le dîner...

— Où vas-tu ?

— À Barcelone !

— Je t'accompagne ?

— Non, je préfère être seul, j'ai besoin de réfléchir... Avec toi, je ne pense plus à rien...

Elle m'a embrassé. Son baiser avait un goût de fruit, un goût de femme. J'ai compris que je ne pourrais jamais plus me passer d'elle. Si je n'arrivais pas à percer le mystère entourant sa personne, eh bien !

je renoncerais aux États-Unis… S'il était impossible de lui faire quitter l'Espagne, je m'installerais en Espagne ! J'étais prêt à tous les sacrifices pour la garder !

— Très bien, Daniel… Je vais t'attendre.

Elle s'est recouchée dans le sable embrasé. Et elle a pris une pose commode, comme pour attendre longtemps !

8

J'ai beaucoup réfléchi en franchissant les quelques kilomètres séparant Castelldefels de Barcelone. La première chose à faire était de revoir le consul pour lui demander s'il existait un moyen de faire rentrer Marianne en France. Une fois là-bas, il serait plus aisé de retrouver son identité. D'abord parce qu'elle était française, ensuite parce que les moyens mis à notre disposition seraient plus efficaces que ceux employés par les autorités espagnoles.

Mais le consul a été plus décevant encore que lors de ma précédente visite. Il s'appuyait sur la raison. On ne passe pas une frontière sans papiers. Sauf en fraude, naturellement. Si je me décidais pour ce moyen et que Marianne se fasse arrêter, elle risquerait le camp d'internement puisqu'elle ne pourrait justifier d'aucune identité.

Je lui dis qu'on pouvait faire une demande officielle auprès du gouvernement espagnol en soumettant le cas. Puisque Marianne était de toute évidence française, il n'y avait aucune raison pour qu'on lui refuse le droit de rentrer dans son pays.

Le haut fonctionnaire a hoché la tête. Évidemment, on pouvait présenter la demande, mais le résultat serait très long et très hasardeux. De plus, on n'avait aucun intérêt à mettre Marianne en lumière puisqu'elle se trouvait dans une situation irrégulière... Enfin, dernière objection valable, en admettant que les choses se passent bien avec les Espagnols, il fallait également les aplanir du côté français, car rien ne prouvait, somme toute, que Marianne fût française.

— Enfin, monsieur le consul, on ne peut laisser cette femme sans identité !

— Communiquez son signalement en France ! Peut-être est-elle sur les listes du Service des disparus...

— Bon, merci...

Je suis parti mécontent. Décidément, je n'avais rien à attendre de ce qu'on a coutume d'appeler les Autorités ! Le cas de Marianne les effrayait un peu, tous, Français ou Espagnols. Je devais me débrouiller tout seul.

J'ai laissé ma voiture le long d'un trottoir ombragé et je suis allé m'asseoir à une terrasse sur la rambla. Une foule compacte coulait comme du goudron en fusion. Il faisait chaud et ma chemise me collait au corps.

J'étouffais. J'avais mal à la gorge et je devais faire un peu de température... La lettre de Brutin crissait dans ma poche. C'était elle qui, en une seconde, avait gâché mon bonheur. Elle qui m'avait placé devant la terrifiante réalité.

J'ai commandé une bière et j'ai clos les yeux. Les gens qui disparaissent sont rares. Et ceux qu'on ne retrouve pas le sont plus encore. Pour ceux-ci, deux cas seulement peuvent se présenter : ils sont morts ou ils ont disparu volontairement !

Marianne avait, en perdant la mémoire, laissé quelque part dans la société une place vide qu'on pouvait retrouver…

J'ai avalé d'un trait ma bière mousseuse. Elle m'a donné soif. J'en ai commandé une autre.

Je sentais que j'allais avoir des idées. Ça pétillait sous mon crâne, un peu comme grésille un appareil de radio avant d'émettre.

J'avais un indice sérieux. Ses vêtements venaient de Saint-Germain-en-Laye. Pour s'être habillée dans une localité aussi proche de Paris, il fallait qu'elle eût habité cette ville ou en tout cas ses environs immédiats. Je me suis dit que Saint-Germain étant en Seine-et-Oise[1], il y avait mille chances contre une pour que le passeport qui avait permis à Marianne d'entrer en Espagne lui eût été délivré par la préfecture de Versailles.

Je me suis levé et j'ai tendu un billet de cent pesetas au garçon. Depuis la terrasse, j'avais repéré un marchand d'appareils photographiques à côté du café. Jusque-là, je ne m'étais jamais intéressé à la photo, mais j'y venais par la force des choses…

---

1. Voir note, p. 37.

Comme je sortais du magasin, j'ai aperçu un aveugle qui jouait du violon près d'un kiosque à journaux. Il avait posé sa boîte ouverte à ses pieds et les âmes charitables y faisaient pleuvoir de la menue monnaie.

Cela m'a rappelé le soir de l'accident. Souvent, je repensais à cette boîte de violon écrasée dans le goudron… Mais jamais je n'avais associé, si je puis dire, cet objet à Marianne.

Oui, je tenais le fil conducteur… Les jours qui venaient de s'écouler, Marianne les avait vécus dans la tranquillité d'esprit la plus totale. Pas une seule fois je n'avais essayé d'extraire son passé de sa mémoire brumeuse. Peut-être était-il temps maintenant de la travailler dans ce sens. Car enfin, la vérité, cette vérité que je voulais découvrir, Marianne la portait en elle. Il fallait la dégager de sa nuit…

J'ai traversé la rambla et pris une ruelle fétide menant au barrio chino. On trouve de tout dans ce quartier maudit. Des filles, des avorteurs, de la drogue, des brocanteurs, des épiciers, des marchands de crocodiles empaillés.

Je n'ai pas eu de mal à découvrir un vague luthier qui, sans trop marchander, m'a abandonné un violon fort convenable pour mille pesetas…

Nanti de ces différents objets, il ne me restait plus qu'à partir à l'assaut du passé de Marianne.

9

Elle n'avait pas bougé pendant ces quelques heures… Je l'ai retrouvée dans cette bizarre position qu'elle avait adoptée lorsque j'étais parti. Elle se tenait sur le côté, les jambes en chien de fusil, la tête appuyée sur son bras allongé. Sa main disparaissait dans le sable. Sa peau était rouge écrevisse…

— Tu vas prendre une insolation ! me suis-je écrié.

Elle s'est dressée. Il y avait je ne sais quoi d'incrédule dans son regard.

— C'est toi, a-t-elle bégayé. C'est toi, Daniel !

Elle hoquetait.

— Tu le vois, ma chérie… c'est moi, tu sembles surprise…

— J'avais peur que tu ne reviennes pas !

— En voilà une idée !

— Oui, maintenant, en te regardant, je comprends qu'elle était stupide…

Je l'ai embrassée pour cet effroi qui prouvait son attachement. J'avais faim de son corps. Je l'ai serrée contre moi à l'étouffer... Il brûlait... Sa bouche aussi brûlait... Un désir impétueux s'est emparé de moi. J'avais besoin de la prendre, tout de suite. Ce péril qui planait sur notre amour me donnait brusquement la notion aiguë de l'amour total...

— Viens !

Je l'ai entraînée vers la Casa Patricio.

Entre deux services, Tejero se prélassait à la terrasse, vautré dans un fauteuil, les pieds sur une table. Il lisait un roman d'amour dont la couverture s'ornait d'un mauvais dessin verdâtre...

Il nous a regardés entrer par-dessus le bouquin, et j'ai lu dans son œil sombre le reflet de mon désir. Il avait tout de suite compris ce que j'allais faire et pourquoi j'entraînais si précipitamment Marianne dans la Casa. Lui qui toujours souriait est resté grave, avec une pointe de nostalgie.

À l'intérieur, Mister Gin arpentait la salle commune, son verre à la main, en remâchant des souvenirs tropicaux... Il ne nous a même pas vus entrer dans ma chambre.

*
* *

Il ne faisait pas particulièrement frais dans la petite pièce, mais la température différait sensiblement pourtant de celle qui régnait sur la plage.

Marianne s'est allongée sur mon lit.

— On est bien...

J'ai ôté ma chemise trempée de sueur.

Je me suis mis près d'elle sur le couvre-lit rouge… Elle respirait profondément. J'ai posé ma main sur sa poitrine. Elle a tourné sa tête vers moi. Ses yeux étaient infinis. Des bulles d'or tourniquaient dedans comme dans une coupe de champagne.

« Je t'aime », ai-je voulu murmurer.

Mais ça ne passait pas. Une main d'acier me broyait la gorge et j'entendais le bruit de mon cœur. Il emplissait la pièce de son rythme sourd.

Elle a compris pourtant.

— Moi aussi, je t'aime… Tu ne me quitteras jamais, Daniel ?

— Jamais !

— Tu me le promets ?

— Je te le jure…

— Et pourtant, si tu ne peux pas m'emmener ?

— Si je ne peux pas t'emmener, je ne partirai pas…

— Il faudra bien pourtant que tu rentres en France ?

— J'irai pour faire valider mon visa, mais dussé-je me faire naturaliser espagnol, je resterai près de toi.

J'ai fait glisser la bride du maillot. Il était plein de sable qui coulait sur le couvre-lit. Il y en avait aussi dans ses cheveux blonds.

Je l'ai embrassée. Ses lèvres étaient salées par la mer. Toute sa peau était salée. Le haut du maillot s'est détendu. Je l'ai tiré sur le bas et ses seins ont jailli. Ils étaient durs comme du marbre.

Elle a balbutié :

— Alors, tu veux bien de moi ?

— Je ne veux que toi, Marianne. Mon univers, c'est toi…

J'ai tiré encore le maillot. Il lui collait aux hanches et elle s'en dégageait par de légers soubresauts. Il était vert et ressemblait à la peau d'un serpent en train de muer. J'ai pétri la cambrure harmonieuse de ses reins. Puis ma main a glissé lentement sur son ventre plat et ferme. Quelque chose alors m'a glacé. Je suis sorti de mon extase pour regarder cette chose insolite que je sentais sous mes doigts. C'était une cicatrice… Une cicatrice plus éloquente que n'importe quel certificat médical : celle que laisse un accouchement dramatique.

J'ai été anéanti. Jusque-là, lorsque je me demandais qui pouvait attendre Marianne, j'avais pensé à des parents, à un amant… Je n'avais pas envisagé que ce pût être un enfant…

— Qu'as-tu ? a-t-elle soupiré.

Je devais avoir une sale figure, car elle s'est dressée sur un coude. La pointe de son sein gauche effleurait ma joue.

J'ai fermé les yeux.

— Rien, Marianne, je t'aime…

Et je l'ai prise comme on se tue, avec la volonté farouche d'échapper à l'insupportable.

10

Lorsque nous sommes revenus à nous, car la fureur de notre étreinte équivalait à une perte de conscience, le soleil avait disparu de la petite fenêtre et l'air avait pris cette teinte mauve qui précède les nuits de là-bas.

Elle gisait sur le lit, pantelante, éperdue, avec ses grands cheveux collés sur les joues et un bras pendant hors du lit comme une branche cassée pend de son arbre. Je me sentais sans volonté. Cet anéantissement m'avait soustrait à la peur. Car ce que j'avais ressenti en constatant que Marianne était mère, c'était avant tout de la peur. Une peur physique de la perdre. Si elle retrouvait la mémoire, elle penserait à son enfant. Et alors l'instinct maternel reprendrait ses droits et je ne compterais plus pour elle. Si je découvrais son identité, son mari la récupérerait… En somme, j'avais entrepris une tâche qui ne pouvait que m'être fatale. Je forgeais une arme destinée à n'abattre que moi.

— À quoi penses-tu, Daniel ?

— Je suis bien, ai-je menti, je ne pense pas…

— On pense toujours à quelque chose ou à quelqu'un.

— Alors, toi, à qui penses-tu ?

J'ai presque crié la question. Elle a ramené sa main sur ma poitrine et ses ongles ont labouré doucement ma peau.

— Je pense à nous, mon amour... Je voudrais que tu me promettes une chose...

— Laquelle ?

— Elle est idiote, promets d'abord...

— Eh bien, je promets...

Elle s'est tue.

— Parle !

— Si un jour tu devais me quitter, Daniel, je voudrais qu'avant tu me tues !

Ça ne m'a pas fait rire. L'amour, quand il est sincère, est toujours voisin de la mort. Parce que l'amour, c'est avant tout une soif d'absolu et que rien n'est plus absolu que la mort.

— Je te promets...

— Merci. Tu comprends, tu es tout pour moi. TOUT ! C'est sûrement la première fois qu'un homme représente autant de choses pour une femme. Je pense que les chiens éprouvent pour leur maître ce que j'éprouve pour toi.

— Ne dis pas ça ?

— Mais c'est vrai, Daniel ! Imagine-toi un peu ce qui se passe là !

Elle a frappé sa tête.

— Un matin j'ouvre les yeux sur le monde. Je suis une femme adulte. Je pense, j'existe et pourtant je ne suis rien… Ou plutôt je ne suis qu'un être vivant sans mémoire, sans famille…

J'ai regardé sa cicatrice.

— Tais-toi ! ai-je grondé.

— Mais, Daniel, il faut que nous parlions de ça…

— Alors parlons-en !

— Ce qu'il y a de fabuleux, a-t-elle poursuivi, c'est que je sois un être complet, instruit… relativement, bien sûr ; je veux dire sachant ce que tout le monde sait… Et que cet être soit complètement neuf ! Je suis mademoiselle Sans-Nom ! Venant de Nulle-part. Née il y a trois semaines sur l'autoroute de Barcelone. Tu es à toi seul mon créateur, mon père, ma mère, mon frère, mon amant…

— Tu penses à tout cela ?

— Mais naturellement ! T'imagines-tu que je reste des heures sur la plage comme un caillou ?

Elle pensait à cela… Pourtant, elle ne pensait pas qu'elle pouvait être madame Sans-Nom au lieu de mademoiselle. Elle ne pensait pas qu'elle avait un enfant…

— Je voudrais te dire encore autre chose, Daniel…

— Quoi ?

— Je n'ai pas envie de savoir qui je suis. Je n'ai pas envie de connaître d'autres gens que toi. Ça ne me tourmente pas, le passé. Ce qui compte, c'est le présent ! Un peu l'avenir, aussi, bien sûr !…

Je l'ai serrée contre moi. Des sanglots m'étouffaient.

— Je te remercie, Marianne, d'être là et de m'aimer à ce point. Non, nous laisserons ton passé là où il est…

Il y a eu un silence. Nous pensions au même problème : les papiers ! Ces sacrés pedigrees que les hommes exigent les uns des autres ! Ces numéros, ces étiquettes qu'ils s'accrochent au cou pour se situer, s'enrégimenter...

— Écoute, Marianne, il me vient une idée !

— Oui ?

— Je vais te faire établir de faux papiers... Ça doit être possible, non ? Les gangsters en ont bien. En y mettant le prix, j'en obtiendrai.

— Tu crois ?

— Oui. Seulement ça ne me paraît pas possible ici. Je ne parle pas l'espagnol et je me ferais escroquer. Je vais prendre l'avion pour Paris, une fois là-bas je me débrouillerai...

— Tu vas me laisser ?

— Quelques jours seulement, le temps de faire le nécessaire !

Elle n'a pas insisté. Elle savait bien que c'était la seule solution, si on voulait en finir avec cette situation ambiguë.

— Je ne vois que ça... Je vais prendre des photos de toi afin de pouvoir les faire figurer sur les pièces officielles...

— Et puis ?

— Et puis... Attends... Le hic, lorsque j'aurai le passeport, sera de faire apposer le visa d'entrée en Espagne pour que nous puissions obtenir celui de sortie...

J'ai éclaté de rire !

— Suis-je idiot ! Ça n'a rien de calé. Lorsqu'on franchit la frontière, on passe au poste de douane pour faire viser les passeports tandis que les douaniers examinent la voiture. J'en ferai viser deux au lieu d'un, comme si tu m'accompagnais. Seulement, je dois prendre l'auto, ça n'est pas possible autrement… C'est idiot parce que mon voyage aller-retour durera au moins trois jours de plus, mais ça vaut la peine.

— Comme tu voudras…

Je l'ai embrassée. J'étais heureux de cette trouvaille… Oui, j'aurais, grâce à ce stratagème, une ombre pour compagne. Quelqu'un qui n'existerait que par moi !

— Viens, profitons de ce qui reste de lumière pour prendre des photos de toi.

Nous avons enjambé la petite fenêtre, ce qui évitait de traverser toute la Casa. Dehors, derrière l'habitation, il y avait une sorte de petite terrasse baignée par l'ultime soleil de ce jour-là. J'ai réglé l'obturateur suivant les indications du marchand afin de prendre une image rapprochée de Marianne.

J'ai tiré la totalité du rouleau en changeant l'angle. Je choisirais la meilleure…

— Je partirai dès qu'elles seront développées ! ai-je dit en fermant l'appareil.

— Je voudrais en ce cas qu'elles ne le soient jamais !

— Voyons, ma chérie, tu sais bien que c'est nécessaire ? Mais la séparation sera courte, je te le promets… Une semaine !

— Et que ferai-je pendant tout ce temps ?

— Tu m'attendras ici. Tu y as tes habitudes, ta chambre, la plage… On te connaît !

— Bon…

Ça m'arrachait l'âme d'avoir à la laisser. Moi aussi je me disais : « Et si tu ne la retrouvais pas ? »

Mais je repoussais cette idée de toutes mes forces. Rien ne pouvait plus nous séparer. J'irais jusqu'au bout !

*
* *

Elle est allée mettre une jupe dans sa chambre. Je lui avais acheté beaucoup de vêtements de couleurs vives. Ça lui allait bien. Lorsque nous nous promenions dans Barcelone, les hommes lui faisaient de l'œil. L'Espagnol, si réservé avec les femmes de son pays, se montre plus que polisson avec les étrangères.

Lorsqu'elle est revenue, j'étais étendu sur mon lit, les mains derrière la tête, regardant une fissure en éclair au plafond.

Elle a murmuré :

— Tiens !

J'ai regardé. Elle venait d'apercevoir la boîte à violon posée près de mon chevalet.

L'instant était pour moi terriblement émouvant. Je retenais mon souffle, comme lorsqu'on surprend un somnambule dans une position périlleuse et qu'on craint de l'éveiller.

Marianne s'est baissée et a pris l'étui noir dont le ventre bombé luisait dans la pénombre.

Elle l'a ouvert et, d'un index caressant, a fait vibrer les cordes.

Je gardais mes paupières à demi closes pour ne pas la troubler. Elle a sorti l'instrument, a dégagé l'archet… Au geste qu'elle a eu pour mettre le violon sous son menton, j'ai compris qu'elle était une bonne exécutante. C'était un mouvement net et souple. Elle a tâté les cordes avec l'archet et a réglé les clés… Puis elle s'est recueillie un instant et, brusquement, avec une netteté déconcertante, elle a attaqué le Concerto en *ré* mineur de Tchaïkovski… Alors j'ai sombré dans quelque chose que j'ignorais avant ce jour. Quelque chose qui ressemblait à de l'admiration et à du chagrin, quelque chose de flou…

Elle jouait avec un art consommé, la tête inclinée, les yeux mi-clos, ses cheveux tombant de chaque côté du violon…

J'ai passé un moment inoubliable à l'écouter. J'étais pétrifié par l'émotion. Derrière la vitre de la croisée, le visage soufflé de Tejero est apparu. Il avait des yeux lourds de dévotion.

Quand elle a eu terminé ce morceau, et avant que je puisse proférer le moindre mot, elle a poursuivi par une sérénade de Mozart, la *Petite Musique de nuit*, je crois, et ç'a été comme si on me versait le ciel dans l'oreille.

Il me semblait impossible que cette musique n'évoquât aucun souvenir dans sa pauvre tête sans mémoire… Du moment qu'elle jouait par cœur des partitions, c'est qu'elle les voyait imprimées devant ses yeux. Il n'y avait aucune raison pour qu'elle ne retrouvât pas, plus ou moins confusément, l'atmosphère du lieu où elle les avait apprises et la silhouette du maître qui les lui avait enseignées.

Elle s'est arrêtée, soudain, en plein morceau.

— Continue ! ai-je supplié.

Elle a secoué tristement la tête.

— Je ne me souviens plus…

— Mais puisque tu as joué jusqu'à présent…

— J'ai joué comme ça… Et puis j'ai eu un coup de noir… Tout s'est brouillé…

Tout en parlant, elle rangeait le violon dans sa boîte.

— Il est à toi, Daniel ?

— Non… À toi ! Je te l'ai acheté tout à l'heure à Barcelone.

— Quelle idée ! Comment pouvais-tu savoir que je jouais ?

J'ai hésité.

— Écoute, Marianne, lorsque je t'ai renversée avec ma voiture, tu tenais une boîte à violon sous le bras !

— Moi ?

— Oui… L'instrument a été pulvérisé par le choc… Je t'en ai offert un autre pour que…

— Tu as pensé que ça allait déclencher quelque chose dans ma tête ?

— Je… oui, je crois que j'ai fait ce calcul…

Elle s'est assise près de l'étui noir et l'a caressé du bout des doigts. Elle réfléchissait.

— Effectivement, a-t-elle murmuré, ça a fait naître une image.

J'ai passé ma main sur mes yeux. J'avais à la fois peur et soif de savoir. Elle ne parlait plus et j'ai glapi :

— Vas-y, dis-le !

— Quoi, Daniel ?

— Ce que tu vois... La fameuse image...

Elle a placé sa main en écran devant ses yeux.

— Je vois une fenêtre... avec des rideaux brodés... L'espagnolette représente une tête de lion avec la gueule ouverte... Derrière la fenêtre, il y a une grosse branche d'arbre qui bouge doucement...

— Et puis ?

Je l'avais saisie par le poignet et je la secouais. Quand je l'ai lâchée, elle avait la main toute blanche. Je l'ai prise pour la porter à mes lèvres.

— Dis, et puis, Marianne, que vois-tu encore ?

— C'est tout...

— Comment, cette musique n'évoque pour toi qu'une fenêtre ?

— Oui. Parce que je jouais devant cette fenêtre...

— Fais un effort !

— Non... C'est inutile, je te dis que j'ai du ciment dans le crâne... Et puis, je ne tiens pas à me souvenir, je te le répète...

Le visage de Tejero avait disparu de la croisée. Nous sommes partis pour le village afin de faire développer le rouleau de pellicule.

11

Les photos étaient bonnes et je suis parti le surlendemain dans la nuit. Comme une séparation en règle nous eût été pénible, j'ai filé au moment où s'endormait la Casa Patricio.

J'avais préparé une lettre pour elle que j'avais remise à son intention à la mère Patricio en même temps que de l'argent pour nos pensions. Dans cette missive, je lui faisais des recommandations au sujet de sa vie à la Casa pendant mon absence et naturellement je lui écrivais de ces choses folles qu'on écrirait avec son sang quand on aime.

Ma voiture était dans le chemin, je l'y avais conduite après le dernier bain, tandis que Marianne se changeait dans sa chambre. Aussi, sur le coup de deux heures, je suis sorti de la mienne par la fenêtre et j'ai gagné l'auto.

En ouvrant la portière, j'ai eu un haut-le-corps. Marianne était là, sur le siège avant. Dans l'ombre, son regard brillait étrangement.

Elle m'a souri.

— Je savais que tu allais partir cette nuit, Daniel…

— Mais comment ?

— Oh, ça n'a rien de sorcier. Je t'ai vu sortir l'auto du hangar ce soir… Alors j'ai compris que tu voulais t'en aller sans rien dire, pour nous éviter de pleurer… tu avais sans doute raison… Mais je ne pleurerai pas… Je voulais te dire quelque chose avant de nous séparer…

Je suis monté dans la voiture. J'avais déjà pris l'habitude de la trouver à mes côtés lorsque je conduisais. J'ai passé ma main sur son épaule.

— Que voulais-tu me dire, mon ange ?

— Daniel, le violon, l'autre jour, m'a remis la musique en mémoire, n'est-ce pas ?

— Oui, alors ?

— Alors il faut que tu saches que… ton amour ne me rappelle rien. Je suis certaine de n'avoir jamais aimé d'autres hommes, Daniel. Jamais ! Oui, il faut que tu le saches. J'en ai peut-être connu d'autres, mais je ne les ai pas aimés, ça n'est pas possible… Tu comprends ?

J'ai posé mon front sur sa poitrine et c'est moi qui ai pleuré, dans le noir…

Qu'elle me fasse un tel aveu m'éblouissait.

Elle a pris ma tête dans ses mains et m'a obligé à la relever. Délicatement, elle a embrassé mes yeux. Puis elle a murmuré :

— Va !

Et, tout à coup, elle n'a plus été là. J'ai voulu l'appeler, mais je me suis retenu de le faire. J'avais honte de ma faiblesse.

J'ai vu sa silhouette légère sortir de l'ombre de la pinède et cabrioler sur le sable éclaboussé de lune. Puis elle a disparu derrière la Casa Patricio et je suis resté infiniment seul dans mon auto, avec le grondement de la mer et la farandole des phalènes.

Je me suis ébroué, j'ai actionné le démarreur. L'automatisme de l'habitude est une force généreuse qui calme nos misères.

Les roues de la voiture ont chassé dans le sable. Je suis descendu pour glisser dessous une branche de pin. J'ai pu arracher l'auto au sol poudreux. Puis j'ai tangué comme à l'ordinaire jusqu'à cette autoroute déserte où, par une nuit semblable, tout avait commencé pour nous.

TROISIÈME PARTIE

12

Au fur et à mesure que la distance grandissait entre Marianne et moi, je prenais davantage conscience de son cas. Jusqu'alors, je m'étais intéressé uniquement à elle, à sa personne physique et, non sans une certaine lâcheté, j'avais banni son passé de mes préoccupations. Mais, dans la solitude de l'auto, libéré en somme de son envoûtement, je me mis à réfléchir sérieusement.

J'avais fini par oublier une chose capitale qui donnait le ton à toute cette affaire, c'était elle qui s'était jetée sous ma voiture. Pour en arriver à l'accomplissement d'un acte aussi désespéré, elle avait dû beaucoup souffrir. Peut-être était-elle venue en Espagne avec un homme et cet homme l'avait-il quittée ?

Il fallait, si je voulais la garder, l'emmener dans un coin perdu comme Castelldefels... Dans un pays où pas un acteur de sa vie passée ne risquait de surgir et de la montrer du doigt en criant son nom. C'était cela qui m'effrayait. Elle était tellement à moi que je n'aurais pu tolérer qu'une autre personne s'approchât d'elle pour lui parler de gens ou de choses que j'ignorais.

Pour avoir une complète liberté de mouvement, il fallait lui obtenir des papiers. Certes, j'étais venu en France pour ça, mais maintenant que je roulais sur nos routes, mon projet perdait son côté théorique pour devenir un problème pressant à résoudre. Je ne savais trop à qui m'adresser pour ce genre de chose. Je me doutais qu'il existait des gens spécialisés dans les faux papiers à Pigalle ou ailleurs, mais je ne les connaissais pas et je ne voyais personne dans mes relations qui fût susceptible de me brancher sur eux. C'est alors que l'idée me vint de tromper moi-même la loi. Ce serait plus sûr et ça me reviendrait moins cher. Mais comment ?

Je roulais sans m'en apercevoir, guidé par mon seul instinct de conducteur. Les kilomètres dansaient dans le cadran de mon enregistreur et je ne sentais pas la fatigue. Je déjeunai hâtivement à Toulouse et m'arrêtai à Limoges avec l'intention d'y coucher. Mais lorsque j'eus dîné, je me sentis des forces neuves et je repris ma ruée sur Paris.

La route est une sorte d'opium. Lorsque je roule très longtemps, une espèce de torpeur s'empare de moi. Mon subconscient conduit seul. C'est lui qui fait les appels de phares, qui enregistre les guirlandes de feux des camions à l'arrêt. Lui qui enfonce la pédale du frein…

Dans ces cas-là, je pense avec une acuité extraordinaire. Mes nerfs bien affûtés deviennent les serviteurs zélés de mon cerveau.

Il y a dans mon être une sorte de volcan en éruption.

Entre Limoges et Orléans, j'ai réglé la question des papiers. Dans le fond, c'était très simple. J'avais encore ma mère. Depuis huit ans, elle vivait dans une maison de repos, à la suite d'une paralysie quasi totale. Il me suffisait de réclamer en son nom, par lettre à la mairie de sa ville natale, un extrait de naissance dont je camouflerais la date. Ce serait un petit travail délicat, mais, lorsque j'étais au lycée, j'avais un don tout particulier pour truquer mes bulletins scolaires. Ma maestria était si grande que même les copains faisaient appel à mon petit talent, histoire d'éviter les algarades paternelles.

Lorsque ce serait fait, j'irais au commissariat de mon quartier faire établir un certificat de domicile au nom de ma mère en fournissant le bulletin comme pièce d'identité et des reçus de location établis au nom de ma mère… On me le donnerait sans sourciller. Il ne me resterait plus qu'à remplir une demande de passeport en fournissant l'extrait de naissance et le certificat de domicile et en joignant les photos de Marianne. Je n'irais pas moi-même à la préfecture, ce qui pourrait sembler louche, mais je passerais par le canal du Touring-Club dont je faisais partie… En quatre ou cinq jours j'aurais les pièces. J'en profiterais pour solliciter un nouveau visa espagnol pour moi. Les deux passeports portant le même nom, ça irait tout seul. Nous étions en été, et les composteurs de visas ne devaient pas chômer.

Avec un poil de chance, je parviendrais à faire régulariser le visa à l'entrée en Espagne et la sortie s'effectuerait sans la moindre anicroche. Ce qui me plaisait dans ce plan, c'était qu'il ne mettait pas le moins du monde Marianne en cause. En cas de coup fourré, c'est moi qui trinquerais et on ne me couperait pas la tête, après tout, pour avoir falsifié des pièces d'identité.

À Orléans, j'ai senti que si je ne stoppais pas, j'irais tout droit dans un pylône. Deux heures sonnaient à une horloge de ville. J'ai avisé une ronde de gardiens de la paix et je leur ai demandé de m'indiquer un hôtel. Dix minutes plus tard, je me laissai choir sur un lit grinçant avec l'impression que je ne pourrais plus m'en relever.

13

Le plus long, c'était d'attendre le retour du bulletin de naissance. Ma mère était née à Saint-Omer et il fallait trois bons jours pour que ma lettre au secrétaire de mairie arrivât et que le papier me parvînt.

Pour tuer ce temps mort et m'étourdir un peu, je fis une visite à quelques amis peintres, mais le soleil avait vidé leurs ateliers et je trouvai partout porte close. Je me rabattis sur Brutin, le directeur de la galerie. Il me reçut comme on accueille le vainqueur du Tour de France, m'invita à dîner et, au dessert, me remit un chèque qui apporta une eau providentielle à mon compte en banque.

Il m'interrogea sur l'Espagne, sur ma production, sur la vie là-bas… Et je lui répondis par monosyllabes.

— Ça n'a pas l'air de tourner rond, Mermet. La santé ?

— Non…

— Je vous trouve amaigri.

— Ça vient de la tambouille espagnole, je ne peux pas m'y faire !

— Vous êtes sûr que vous n'êtes pas amoureux ?

Brutin était un gros type chauve comme un œuf, qui portait des lunettes carrées, sans monture, et qui se croyait obligé de s'habiller de noir pour faire plus sérieux, alors que toute sa personne était un hymne à la gravité.

— Attention, pas de blagues en ce moment ! Vous tenez le bon bout, mon petit ! Votre nom commence à se répandre, et la gloire, vous ne pouvez pas savoir l'épidémie que c'est ! Vous allez en recevoir, des invitations...

— Je préfère les chèques, monsieur Brutin.

— Fi donc ! Un artiste parler de la sorte !

— Le mythe de l'artiste affamé disparaît. Je crois qu'on a enfin découvert qu'un homme de génie avait un estomac à remplir, que les vêtements de bonne coupe lui allaient aussi bien qu'aux autres, qu'il savait à l'occasion piloter une auto et qu'il n'était pas obligé de vivre dans la m... pour produire de belles choses !

Ça l'a amusé. Il s'est mis à rire.

— Vous me plaisez, je ne regrette pas d'avoir joué votre carte. J'y ai laissé des plumes jusqu'à présent, mais je sens que le vent va tourner. Je vais vous orchestrer votre campagne américaine, mon garçon !

— Je n'ai pas envie d'aller aux États-Unis pour le moment, monsieur Brutin !

Ça l'a cloué. Il a ôté ses lunettes carrées. Sans elles, il ressemblait à un poisson exotique.

— Vous dites ?

— Que je ne veux pas aller en Amérique pour l'instant. Je suis en plein travail, en pleine possession de mes moyens et je ne voudrais pas risquer de couper mon élan créateur par un voyage publicitaire.

Il a hoché la tête.

— Oui, je comprends… Enfin, nous en reparlerons. Vous restez à Paris ?

— Non, je retourne en Espagne.

— Quand ?

— Cette semaine !

— Grand Dieu ! Mais pourquoi êtes-vous revenu ?

— Fric !

— Vous auriez dû me téléphoner. J'ai un correspondant à Barcelone. Il vous aurait avancé l'argent qui vous manquait…

— Oui, c'est dommage. Tant pis. Je suis là…

La soirée a été écourtée. J'étais triste à mourir. Je pensais à Marianne, toute seule dans sa chambre de la Casa Patricio. Il restait des traînées de soleil sur la mer. Les feux des bateaux de pêche commençaient à scintiller. Je savais qu'elle pleurait ! Je le sentais. Elle éprouvait la même navrance que moi. Ça la rongeait comme un mal secret. Personne ne pouvait rien pour elle, hormis moi, et personne d'autre ne pouvait rien pour moi. Nous n'étions qu'un même être provisoirement divisé.

J'ai quitté Brutin en prétextant les fatigues du voyage.

Pourtant, je n'avais pas envie de me coucher. Il faisait une soirée tiède et poussiéreuse comme on n'en vit qu'à Paris, l'été. Le ciel était presque blanc et le jour n'arrivait pas à mourir.

J'ai décidé de faire une promenade en voiture avant de rentrer à mon atelier de la rue Falguière.

J'ai remonté les Champs-Élysées jusqu'au Bois. J'ai traversé celui-ci en diagonale pour retrouver la Seine du côté de Saint-Cloud. Il y avait des couples enlacés sous les frondaisons et, dans les artères carrossables, des voitures roulaient lentement. Tout le bois de Boulogne sentait l'été et l'amour. Je devinais à travers cet espace verdoyant une formidable étreinte... Et cet amour des autres m'écœurait. Il n'existait que le mien...

Pourvu que je LA retrouve bien à la Casa ! Pourvu que pendant mon absence les policiers espagnols n'aient rien découvert à son sujet... Pourvu qu'ils ne l'aient pas convoquée... J'avais pensé à tout, sauf à ça... Je lui avais laissé mille recommandations sauf une pour le cas où on la convoquerait ! Que ferait-elle, seule dans Barcelone ? Je tremblais qu'elle se perde, qu'un nouveau choc...

Une bouffée d'air frais m'a annoncé la Seine. J'ai débouché sur l'esplanade de Longchamp et à travers les arbres j'ai vu un bateau blanc avec des gens allongés sur des transatlantiques. Je me suis arrêté un instant afin de déguster la paix du soir. À Castelldefels, tout était trop violent : les aubes, les crépuscules, les journées torrides... Je vivais là-bas comme dans un tableau de Van Gogh. Tandis que ce coin de Paris représentait la douceur de la vie.

J'ai eu besoin d'elle à cet instant; besoin de lui montrer cela puisqu'elle l'avait oublié.

J'ai démarré lentement. Des catins en robe d'été me lançaient des œillades prudentes. J'ai suivi le fleuve jusqu'au pont de Saint-Cloud et brusquement, un panneau indicateur m'a griffé la vue : *Autoroute de l'Ouest. Versailles-Saint-Germain.* Saint-Germain !

Il était tout proche, le pays où Marianne avait acheté ses vêtements et où peut-être... J'ai obliqué à droite, traversé le pont, contourné le rond-point et pris la rampe menant au tunnel de l'autoroute.

Elle m'attendait... Pas seulement à Castelldefels, mais à Saint-Germain. Il y avait quelque chose d'elle sous ce ciel de l'Île-de-France. Et ce quelque chose m'appelait...

J'ai accéléré sur l'autoroute. J'ai laissé le premier embranchement pour Vaucresson et j'ai pris le second, celui qui passe devant l'ancien camp du SHAPE.

Un quart d'heure plus tard, j'arrivais à Saint-Germain.

La petite ville sentait le lilas fané. Elle commençait à s'assoupir, toutes ses fenêtres béantes. Quelques cafés étaient encore ouverts. Je me suis arrêté sur la place du Château. J'ai remisé ma voiture devant la petite gare et je suis allé m'asseoir à une terrasse.

On entendait pleurer les gosses, mugir des radios et pourtant le soir restait quiet et frêle, avec sa tenace odeur de végétaux en péril et les souffles frais venant de la forêt.

Le garçon en veste blanche qui m'a servi était vieux et perclus de rhumatismes. Il avait dû assister à l'ouverture de l'établissement, autrefois, et il s'était décrépi en même temps que lui.

— Monsieur ?

Je n'avais pas soif… Mes yeux sont tombés sur un panneau portant le mot « GLACES » écrit en caractères tarabiscotés.

— Une glace !

— Fraise, vanille, moka ?

Un reliquat de mon enfance, cette manie des glaces ! Et, comme autrefois, avec la même gourmandise embusquée sous la langue, j'ai murmuré :

— Fraise !

Quand il est revenu avec la coupe de métal coiffée d'un dôme rosâtre, je tenais la photographie de Marianne à la main.

— Dites-moi, garçon…

— Monsieur ?

— Vous habitez depuis longtemps Saint-Germain ?

— J'y suis né, monsieur…

— Je voudrais vous demander un renseignement…

— Si je peux vous le donner, ce sera avec plaisir, monsieur.

J'ai tendu la photo.

Là-dessus, Marianne portait son maillot et elle clignait des yeux à cause du soleil. À l'extrême gauche de l'image on apercevait le hangar de roseaux de la Casa Patricio.

Le vieux n'a pas compris.

— Regardez la personne qui figure sur cette photographie et dites-moi si vous l'avez déjà vue ?

C'est moi qu'il a regardé, sans chercher à cacher sa surprise. Il a vu que j'étais un garçon normal et il a fouillé la poche intérieure de sa veste blanche.

Il a trouvé de vieilles lunettes qu'il a assurées sur le bout de son nez. Enfin, il a contemplé la photo.

J'avais les doigts de glace. J'essayais de lire une expression sur son visage, mais je ne découvrais absolument rien d'autre qu'une attention soutenue.

Le vieillard a relevé la tête, songeur.

— Je ne saurais vous dire, monsieur… Je vois tellement de monde…

— Votre impression ?

— Il me semble vaguement que ce visage me dit quelque chose… Cette personne habiterait Saint-Germain ?

— Elle y aurait séjourné en tout cas…

Il a hoché la tête et rangé ses besicles.

— C'est une jeune et jolie personne. N'oubliez pas que Saint-Germain est une ville d'étudiants… J'en vois, j'en vois, si vous saviez… Franchement, il est impossible, monsieur, que je sois formel…

— En tout cas, vous avez l'impression de l'avoir vue ?

— À moins que je confonde…

C'était maigre, mais néanmoins encourageant. Je dis encourageant car, depuis que je foulais le pavé de cette ville, j'avais un furieux besoin de savoir.

— Bon, excusez-moi.

Mais il ne partait pas. Je l'avais intrigué et il voulait lui aussi savoir. En fait, je lui devais une explication.

— C'est une jeune fille que mon frère connaissait. J'ignore son nom. Tout ce que je sais d'elle, c'est qu'elle habitait Saint-Germain ou les environs. Mon frère vit aux colonies…

Je me suis embarqué dans une histoire idiote qu'il a avalée sans sourciller.

— Vous n'avez pas une idée à me suggérer ? lui ai-je demandé. Je ne peux pourtant pas faire le tour de la ville en arrêtant chaque personne pour lui montrer la photo ?

Il a réfléchi. J'étais tout seul à la terrasse. Le patron, en gilet, bâillait derrière sa caisse. On n'attendait plus que mon départ pour fermer.

— Vous devriez voir le curé..., les médecins... Les gens enfin qui voient tout le monde dans un pays !

— Oui, ça n'est pas bête...

Ma glace avait fondu. J'ai donné un gros pourboire au vieil homme et je suis retourné à ma voiture.

14

À huit heures, le lendemain matin, j'étais de retour à Saint-Germain.

Je suis allé sonner à la grille du presbytère et j'ai demandé à être reçu par le curé. J'ai dû attendre longtemps parce qu'il disait sa messe, mais je n'étais pas fâché de faire antichambre car cela me permettait de mettre au point une histoire plausible. D'autant plus que le salon où la servante m'avait fait attendre incitait prodigieusement à la méditation. Il sentait l'encaustique, les meubles austères étaient sombres et un immense crucifix occupait tout le panneau du fond. Je me dis que le mieux, pour parler au prêtre, c'était d'aller droit au but. Aussi, lorsqu'il entra, grand et attentif, avec un regard de myope et des gestes lents, je ne lui laissai pas le temps de me questionner.

— Excusez-moi de vous déranger, monsieur le chanoine (j'avais remarqué le liséré rouge de sa soutane), je fais partie de la police judiciaire.

J'ai eu un geste très professionnel vers mon revers, sans toutefois le retourner.

Vivement, j'ai posé la photographie de Marianne sur son bureau.

— Je suis attaché au service des recherches dans l'intérêt des familles. J'enquête actuellement sur le cas d'une jeune personne amnésique dont voici le portrait. Ses vêtements portent la marque d'un marchand d'ici, ce qui m'incite à croire qu'elle est originaire de Saint-Germain.

Il a regardé la photographie et a secoué la tête.

— Je ne connais pas cette personne, monsieur l'inspecteur.

— Vous en êtes certain, monsieur le chanoine ?

— Absolument.

Il m'a rendu l'image.

— On n'a rien pu vous dire au magasin ?

— À quel magasin ?

— Mais... à celui dont vous parlez, qui a vendu les effets ?

Je n'avais pas songé à cela. Le prêtre l'a compris et a réprimé un sourire. Il devait avoir une piètre opinion de la police !

Je me souvenais parfaitement du nom du magasin : Février. C'était facile à retenir. Il se trouvait dans la rue principale, non loin de la Poste. Une boutique en profondeur, très moderne. J'étais ému en y pénétrant car là, du moins, j'étais certain que Marianne était venue, à l'époque de son passé !

Une vendeuse s'est approchée. Elle était gentille et semblait délurée. Je lui ai refait le coup du policier parce que c'était au fond l'explication la plus simple et la plus efficace. On tâche toujours de satisfaire la curiosité d'un flic, c'est humain.

Elle m'a écouté sans rien dire, mais ses petits yeux de merle brillaient d'excitation.

Quand je lui ai tendu la photo, après mon boniment, elle a avancé une main frémissante. Cette fois, elle n'a pas hésité.

— Oui, je reconnais cette dame.

— Elle habite Saint-Germain ?

— Je suppose. Je l'ai rencontrée plusieurs fois. Quand elle est venue acheter son corsage, c'est moi qui l'ai servie. Elle était avec son bébé.

Ça m'a fait l'effet d'un seau en plein visage. Son bébé ! Je ne m'étais donc pas trompé !

— Quel âge, l'enfant ?

— Peut-être deux ans… Il jouait dans le magasin…

Elle m'a regardé d'un œil surpris. Elle comprenait mal que je pâlisse à ce point. D'autant plus qu'un policier passe pour garder son sang-froid en toutes occasions.

— Vous…

— Oui ?

— Vous n'avez aucune idée de l'endroit où elle pourrait demeurer ?

— Non. Mais je ne pense pas qu'elle habite le centre de Saint-Germain parce que je l'ai rarement rencontrée…

C'était tout, mais c'était énorme.

Je suis sorti d'un pas mal assuré et suis allé boire un alcool dans un bistrot voisin.

Avec son bébé !

La phrase me transperçait comme une lame. Son bébé ! Ainsi, c'était vrai !

J'ai eu envie de partir. D'abandonner cette recherche… Mais je suis resté.

15

J'ai marché dans les rues ensoleillées de la petite ville. C'était jour de marché et une foule criarde déferlait dans les étroites artères. Je me laissais bousculer sans réagir par les commères bardées de paniers. J'avais mal. Je pensais que Marianne avait vécu dans cette cité. Qu'un autre homme l'avait tenue dans ses bras, qu'il lui avait fait un enfant...

Elle m'est apparue lointaine, là-bas, dans la Casa blanche et sur la plage immense où brillait une lumière de damné. Je l'ai vue comme lorsqu'on regarde par le gros côté de la lorgnette. Elle était minuscule et hors d'atteinte. Il y avait un monde entre nous. Je venais de franchir la frontière de son passé et c'était un peu comme si je la contemplais depuis sa vie ancienne.

De plus en plus, je voulais savoir... J'avais besoin de voir la maison qu'elle habitait... De voir son fils, son mari... De respirer les remugles de son « autrefois ».

Je me suis arrêté. J'avais la solution à portée de la main. Il suffisait de raisonner. Je savais qu'elle habitait Saint-Germain ou sa proche banlieue. Je savais qu'elle avait un enfant et que ça ne s'était pas passé sans mal. Donc elle avait dû accoucher dans une clinique de la région, ou à l'hôpital.

Justement, j'arrivais à la hauteur d'une impasse encadrée de deux immenses croix rouges sur fond blanc.

Un panneau indiquait : Hôpital-Silence.

Je me suis engagé entre deux longs murs, j'ai passé une grille, foulé le menu gravier d'une allée bien ratissée.

Je me suis repéré à l'intérieur de l'hôpital. Une flèche guidait jusqu'au service de gynécologie. Ça braillait à l'intérieur. De récents citoyens affirmaient leur volonté inébranlable de vivre.

Je suis entré dans le service. Une odeur aigre de lait suri et d'éther flottait dans le hall. Des femmes de salle passaient avec des brassées de linges souillés. D'autres véhiculaient des plateaux roulants chargés de victuailles qu'on devinait fades.

J'étais planté au milieu de ce branle-bas comme un cul-terreux au milieu d'un carrefour parisien. Une grosse infirmière mafflue et moustachue m'a interpellé.

— Ce n'est pas l'heure des visites, vous êtes un nouveau papa ?

Je me suis ressaisi.

— Police !

Ça l'a un peu estomaquée.

J'ai répété ma petite histoire. Je la savais par cœur maintenant, ce qui me permettait de la « jouer » avec plus d'autorité.

Elle était intéressée. Pendant ses veilles, elle devait se délecter de la toute dernière édition des journaux de cœur et elle devait connaître tout Georges Ohnet.

— Vous avez vu cette personne ?

Elle a poussé un cri.

— Mais bien sûr… C'est la petite Renard…

— Vous êtes certaine ?

— Absolument ! Elle est restée un mois ici… J'ai assisté le docteur qui l'a opérée ; parce qu'il faut vous dire…

— Je sais !

Je ne pouvais pas supporter des détails. Ils m'étaient odieux.

— Renard, vous dites ?

— Oui.

— Marianne Renard ?

— Je crois que c'est en effet son prénom.

— Vous savez où habite son mari ?…

Elle a haussé les épaules.

— Elle n'en avait pas…

J'allais décidément de surprise en surprise… Pas de mari ! Marianne était fille-mère ! Ça correspondait si peu à l'idée qu'on pouvait se faire d'elle…

— Elle avait de la famille ?

— Non, personne… Sa mère venait de mourir…

— Où habitait-elle ?

— Je ne sais pas… Mais on vous le dira à l'économat… Demandez qu'on recherche sur le registre des entrées. C'était… attendez… il y a deux ans, en février…

— Merci.

Seulement, à l'économat, tout a failli se gâter pour moi. Je suis tombé sur un petit pète-sec à moustaches rousses qui m'a demandé de justifier de ma qualité de policier. J'ai eu la présence d'esprit de battre en retraite en lui avouant que j'étais un policier privé et que j'agissais pour le compte d'un client. Il m'a flanqué à la porte et je me suis retrouvé au bord d'une pelouse à regarder le jet d'eau d'un jardinier, sans bien comprendre. J'étais humilié car c'est toujours humiliant de se faire chasser de quelque part.

Surtout qu'il y avait une ravissante secrétaire dans le bureau. Comme je m'éloignais, elle m'a couru après. Elle était petite, brune, avec des yeux verts et un sourire adorable. Elle avait jeté une jaquette sur ses épaules.

— Ne faites pas attention à l'économe, c'est un hépatique, m'a-t-elle dit. Pendant que vous discutiez, j'ai cherché votre renseignement. La personne en question habite 14, rue des Gros-Murs.

— Vous êtes épatante, mademoiselle…

Elle devait attendre que je lui fixe rendez-vous, car c'était uniquement mon physique avantageux qui l'avait rendue aussi serviable. Seulement, je n'avais pas le cœur à ça…

Je suis parti après lui avoir décoché un sourire réconfortant. J'avais hâte de me trouver rue des Gros-Murs.

16

La maison était triste et romantique. C'était une vieille construction qui dissimulait sa façade décrépie derrière quelques arbres qu'on avait oublié de tailler. Un portail rouillé par-dessus lequel pendaient les grappes d'une glycine défendait l'entrée du jardin. Tous les volets étaient clos.

Je me suis adossé au mur d'en face et j'ai contemplé longuement ce pavillon vide.

« Ainsi, me disais-je, c'est là qu'elle a vécu ? »

La propriété dégageait je ne savais quoi de mystérieux, d'angoissant même. Je ne parvenais pas à en détacher mes regards.

Au bout d'un certain temps, j'ai perçu un petit bruit à proximité. J'ai tourné la tête et découvert une vieille femme à la fenêtre d'une maison voisine. Elle me regardait avec cette curiosité avide qu'ont les gens de province pour tout ce qui est inhabituel. Elle m'a souri.

— Il n'y a personne, m'a-t-elle dit.

Je me suis dirigé vers elle. C'était une très vieille femme. Il ne lui restait qu'une seule dent sur le devant de la bouche, ce qui la faisait ressembler à une caricature de *L'Assiette au beurre*.

— Vous cherchez Mlle Renard ?

— Heu... oui.

— Elle est partie, ça fait près d'un mois...

— Vous... vous ne savez pas où elle est ?

— Si, a fait tranquillement la vieille, elle est en Espagne.

J'ai failli en tomber à la renverse.

La vieille a vu ma surprise et elle a semblé tout émoustillée.

— Entrez donc ! a-t-elle proposé.

J'ai poussé le portillon de sa maison. Elle est venue m'accueillir sur le seuil.

— Vous êtes un de ses amis ?

— Non... Je... je fais partie de la Sécurité sociale et je venais prendre des renseignements au sujet de son enfant...

— Ah...

Elle a paru un peu déçue.

— Elle est partie seule en Espagne ?

— Non, avec son petit et son vieux !

J'ai salement tiqué.

— Son vieux ?

Ç'a été de la délectation pour la vieille. Elle s'en est pourléché la moustache.

— Mais oui, Bridon... Le vieux Bridon, quoi ! Vous n'avez pas entendu parler ? Les conserves Bridon ? C'est le fils maintenant qui a repris l'affaire...

Elle savait tout cela par cœur et ça lui faisait bougrement plaisir de le déballer une fois de plus pour un spectateur neuf.

— Vous n'êtes pas d'ici ?

— Non, de Paris…

— Ah ! Voilà… Que je vous dise alors…

Oui, qu'elle me dise ! Je voulais savoir. Il fallait que je descende jusqu'au fin fond du puits. Je savais maintenant que ce que j'allais apprendre ne serait pas beau.

Ce qui m'était peut-être le plus pénible, c'était justement de l'apprendre de cette vieille commère pour qui l'histoire de Marianne ne représentait qu'un prétexte à cancans.

— Elle a perdu son père de bonne heure… Il était dans l'enregistrement. Famille honorable, je vous prie de le croire…

Je bouillais, mais il fallait la subir. Elle ne faisait pas le détail. C'était tout ou rien.

— À la mort du père, Marianne était une gamine. Sa mère s'est mise à la débine… La boisson, mon pauvre monsieur… Elle se soûlait tout en jouant à la bourgeoise. N'empêche que tous les soirs elle était comme qui dirait morte et c'était cette pauvre enfant qui devait s'occuper de la maison…

J'avais pressenti un drame de ce calibre dans le regard navré de Marianne. Chose étrange, au fur et à mesure que la voisine édentée parlait, il me semblait entendre une histoire déjà connue. Je pensais au portrait de Marianne qui se trouvait dans le coffre de mon auto et je sus que le fameux éclat de l'œil m'avait raconté tout ça.

— Elle avait un amant, le vieux Bridon… un porc, cet homme… Vicieux et tout ! C'étaient des scènes épouvantables devant la gamine quand la mère avait bu… Notez que Mme Renard ne l'aimait pas, seulement il les faisait vivoter… Une nuit, dans une crise de… attendez, je me rappelle plus comment on dit…

J'ai balbutié :

— D'éthylisme.

Ça m'a valu la considération de la voisine.

— Oui, c'est ça… Albertine (donc la mère de Marianne) s'est lancée de la fenêtre que vous voyez là…

Son doigt noué par les rhumatismes a montré une croisée de la maison d'en face.

— On l'a trouvée au matin sur le trottoir… Elle vivait encore… Mais elle est morte à l'hôpital… Le vieux Bridon a continué de venir et ç'a été la petite qui lui a servi de maîtresse. Vous me croirez si vous voulez, mais cette espèce de… lui a fait un enfant ! À son âge ! Marianne ne sortait presque plus, sauf pour les commissions où je la rencontrais. Et encore, il lui faisait une scène quand par hasard il venait et qu'elle n'était pas là… Il la battait… J'entendais les cris et j'avais chaque fois envie de prévenir le commissariat… Seulement vous savez bien ce que c'est, hein ? Dans ces petits pays, après ça se retourne contre vous… La pauvre Marianne n'avait que son violon… Elle jouait toujours… Je crois qu'elle ne s'occupait pas du petit… C'était autant dire un petit animal qui ne franchissait pas le portail…

Elle s'est arrêtée.

— Vous pleurez ? a-t-elle remarqué.

— Il y a de quoi, non ?

— Oui… Quand je voyais Marianne et que je lui parlais du vieux, elle me disait toujours qu'il allait l'emmener en Espagne. Elle ne pensait qu'à ça… Ça tournait à l'idée fixe…

J'ai coupé :

— Avez-vous eu l'impression qu'elle… qu'elle n'était pas tout à fait normale ?

— Comment ça ?

Pour toute réponse je me suis frappé la tempe…

— Oh ! ça…

Elle a envisagé la question comme si c'était la première fois qu'elle lui était soumise.

— Peut-être bien. Elle était triste à pleurer, mon bon monsieur. Elle parlait, d'une voix blanche sans que son visage bouge. Ça me fendait l'âme…

— Et puis ?

— Il y a un mois, un matin, au laitier… Parce que ici, comme c'est un peu retiré, le laitier fait sa tournée… Elle lui a dit qu'elle ne prendrait plus de lait vu qu'elle partait en Espagne. Je lui ai demandé, manière de causer, si elle partait seule, elle m'a répondu que non, qu'elle s'en allait avec Bridon et l'enfant…

— Et puis ?

— Et puis je ne l'ai plus revue… Quand je me suis levée, le lendemain, tout était fermé en effet.

Maintenant je savais. La vérité dépassait en tristesse tout ce qu'on pouvait imaginer. C'était l'histoire la plus navrante, la plus sinistre que j'avais jamais entendue. Et cette histoire était celle de la femme que j'aimais.

J'étais las. Je l'ai constaté brusquement. Las de mendier le passé de Marianne aux passants...

— Vous partez déjà, monsieur ?

— Il le faut....

Je me suis encore arrêté devant la grille rouillée. Un silence étrange planait sur le jardin inculte... Je me suis collé contre le portail. J'ai senti qu'il bougeait. Un coup d'œil à la maison de la vieille. Elle n'était pas à sa croisée. Elle m'avait raccompagné jusqu'à sa porte et, comme elle se traînait au lieu de marcher, elle n'avait pas eu le temps de regagner son poste d'observation. Alors j'ai tourné le loquet de la porte de fer et je suis entré dans la propriété.

17

Cela sentait la mort. Ou plutôt, le cimetière, ce qui revient au même. Oui, c'était bien l'odeur prenante, envahissante et triste de ces sortes d'endroits. Une odeur de base de végétaux pourris. L'herbe et les ronces recouvraient la totalité du jardin. Des plants d'iris étouffés mouraient sous les moellons d'un mur qui s'écroulait. Une balançoire rompue pendait par une seule corde de la branche basse d'un pommier...

J'ai marché lentement, à travers ce qu'on découvrait de l'allée jusqu'au perron moussu. Cette fois j'y étais, dans le passé de Marianne. C'était toute sa mémoire que je foulais d'un pied furtif...

J'ai gravi le perron. La porte était à deux battants dont la partie supérieure était vitrée. Derrière se trouvait une grille ouvragée. J'ai mis la main sur le carreau, près du loquet. Je ne sais quelle force sournoise me poussait. J'ai senti frémir la vitre. Elle n'avait plus de mastic et les petits clous qui la maintenaient encore étaient rouillés.

Je n'ai eu qu'à accentuer ma pression pour que la vitre cède. Elle n'est pas tombée à cause de la petite grille. J'ai passé la moitié de la main à l'intérieur, cela suffisait pour que je puisse saisir le bouton du verrou. En m'y reprenant à plusieurs reprises, je suis parvenu à le tourner. La porte s'est ouverte.

J'ai mis le pied dans un corridor décrépi, suintant d'humidité. Ainsi c'était donc là le décor pitoyable de sa vie engloutie ?

Il y avait de quoi hurler. C'était *Huis clos*, en plus simple, en plus tragiquement banal.

J'ai ouvert une porte. Elle donnait dans un salon. Mais quel salon ! La tapisserie partait en longs copeaux frisés. Ce qui adhérait encore au mur était cloqué et pisseux. Je me suis planté devant la fenêtre. Il y avait un pupitre à musique. Une partition de Tchaïkovski s'y trouvait étalée. Je vis aussi que l'espagnolette de la croisée représentait un lion ouvrant la gueule.

C'était dans cette pièce que Marianne jouait... Je savais que si je poussais les volets, j'apercevrais une branche d'arbre juste devant la vitre... Je me suis abstenu à cause de la vieille qui devait avoir rejoint sa base.

La pièce en face était une salle à manger meublée de façon rococo. Je n'y suis même pas entré. Ce que je voulais voir, c'en était une autre plus cruelle : la chambre ! La chambre où s'étaient accomplies les horribles fornications du vieillard lubrique.

Après, je le savais, je pourrais récupérer un peu, repartir pour la Casa Patricio et l'affronter, gonflé non seulement de mon amour, mais surtout d'une immense pitié.

Un escalier gémissant prenait au fond du couloir. Je l'ai gravi. À mesure que j'escaladais les marches, j'avais le nez et le fond de la gorge pincés par une affreuse odeur que je ne parvenais pas à situer. J'en conclus que Marianne, en partant, avait oublié quelque part des denrées périssables…

Sur le palier du haut, deux autres portes se proposaient à mes investigations. J'en ai ouvert une. Et alors j'ai compris qu'elle ne donnait pas sur une chambre à coucher, mais sur l'enfer lui-même !

Il manquait deux lattes aux volets à claire-voie et la pièce baignait dans une lumière d'aquarium. Sur le lit gisait un cadavre. Celui d'un vieillard. La décomposition avait commencé son abominable ouvrage… Les draps, sous lui, étaient marron. Je vis qu'il s'agissait du sang qu'il avait perdu et qui, depuis, avait séché. Il portait d'affreuses entailles à la gorge et au bas-ventre. Elle s'était acharnée sur lui avec une sauvagerie de démente. J'aperçus, sur la descente de lit, une dague ancienne dont la lame était tordue. C'était avec ça qu'elle l'avait tué.

18

Les rares personnes qui ont un jour buté sur un cadavre, et qui prétendent avoir eu peur, mentent. Je sais que j'ai ressenti une foule de sentiments multiples en découvrant la carcasse de Bridon, mais la peur ne figurait pas parmi eux. Ce que j'éprouvais, c'était surtout une stupeur indicible, et pas mal d'écœurement. Il y avait de quoi… La pestilence du cadavre était telle que je me suis reculé pour vomir. Je ne pense pas qu'on puisse voir une chose plus répugnante que ce mort bedonnant, aux chairs mutilées et verdâtres.

En reculant, j'ai avisé un berceau, derrière la porte. Un petit lit, plutôt, mais garni d'un grand voile de mousseline blanche… Je ne sais pourquoi je l'ai soulevé. Dans certains cas on obéit à des réflexes incontrôlables. Maintenant je sais bien que je n'oublierai jamais la vue de ce petit être mort. Il ne portait aucune plaie et avait dû périr d'inanition.

Un moment j'ai fermé les yeux. Je ne croyais plus en la réalité. Elle était trop forte pour un homme.

Elle faisait sauter mon système nerveux, comme un courant trop fort fait fondre un fusible trop mince.

Je suis sorti en titubant. J'ai tiré violemment la porte. Non, je n'en pouvais plus. Il m'était impossible de supporter cette vision dantesque plus longtemps.

J'ai descendu l'escalier en m'agrippant à la rampe. Parvenu au bas, je me suis assis sur la dernière marche. La tête me tournait. L'odeur de la chambre m'avait grisé comme de l'alcool. Elle était entrée en moi et je pensais ne jamais pouvoir m'en débarrasser. Les paroles du médecin de Barcelone me sont revenues en mémoire. « Il n'est pas certain que ce soit le choc qui l'ait mise dans cet état... Peut-être avait-elle déjà perdu la mémoire avant. »

Au lieu de reporter l'horreur qui me faisait trembler sur Marianne, je sentais monter au contraire ma pitié pour elle. Cette pauvre créature séquestrée, violée, avait droit à toutes les circonstances atténuantes. Peu à peu, elle avait perdu la raison, pas exactement la raison, plutôt la notion des réalités. Elle avait laissé s'anémier son bébé, puis ne s'était plus occupée de lui. L'enfant était mort... Un jour, alors que le vieux Bridon venait s'assouvir, elle avait eu une crise de folie furieuse et l'avait assassiné. Puis elle avait pris son violon...

L'Espagne !

Ç'avait été ses premières paroles à Castelldefels : « J'ai toujours rêvé de connaître l'Espagne. »

Pourquoi l'Espagne ? À cause du soleil, de la lumière... Dans cette sinistre maison pleine d'ombres et de courants d'air glacés, elle rêvait déjà de la

Casa Patricio sans la connaître. Elle la devinait. Et sûrement rêvait-elle aussi d'un type comme moi : jeune et puissant, qui la prendrait contre sa poitrine velue… Qui la laverait des caresses obscènes du vieux…

Oui, en moi elle aimait un amant attendu depuis toujours. Mais comment diantre était-elle parvenue jusqu'à Barcelone ? Ce mystère ne serait jamais éclairci…

Je me suis levé. Les deux morts, au premier, constituaient la plus insoutenable des présences. Le père et le fils… Elle avait dû haïr cet enfant qui était une continuité de l'éternel Bridon ! Jamais Zola n'avait imaginé histoire plus sordide que celle-là.

J'ai fait quelques pas jusqu'au perron. L'odeur de cimetière s'expliquait maintenant. Comme je refermais la porte, la grille de l'entrée a grincé. Je me suis vivement retourné. Un homme fort, vêtu d'un imperméable beige, venait d'entrer. Et il n'y avait pas besoin d'être très affranchi pour voir que lui, au moins, était un flic : un vrai !

19

La notion du péril a chassé mon hébétude. J'ai pris un air dégagé.

— Qui êtes-vous ? m'a-t-il lancé.

Il aboyait au lieu de parler.

— Je suis inspecteur de la Sécurité sociale...

J'ai montré la maison.

— On entre ici comme dans un moulin, dites donc... Et pourtant il n'y a personne.

— Vous êtes sûr ?

— Je viens de faire le tour du propriétaire...

J'ai feint la candeur.

— Vous êtes de la maison ?

— Non, j'appartiens au commissariat. J'enquête sur la disparition de quelqu'un...

Mon sang est devenu plus froid qu'une eau de source.

— Quelqu'un d'ici ?

— Oui... Bridon... Son fils ne l'a pas revu depuis un mois...

— Sans blague ! Il est peut-être en voyage ?

— Impossible, il n'a fait aucun retrait d'argent à la banque…

Puis, s'apercevant qu'il révélait des secrets professionnels à un simple quidam, il a haussé ses larges épaules.

— On le retrouvera…

Il a passé devant moi et s'est mis à gravir le perron. J'avais un carillon dans les oreilles et des flammèches rouges dansaient devant mes yeux.

J'ai croassé :

— Il n'y a personne, vous savez, c'est pas la peine de vous donner ce mal…

— Je vais tout de même regarder.

Rien à faire ! C'était un consciencieux.

J'ai parcouru l'allée tapissée d'herbes folles. Lorsque j'ai eu franchi la grille, je me suis mis à courir comme un fou jusqu'à ma voiture. Mon cœur semblait s'être décroché et il se baladait en liberté dans ma poitrine comme le pois sec d'un sifflet.

Je n'avais pas une grande avance sur le flic ! D'ici quatre minutes il allait découvrir les deux cadavres et ça allait faire du remue-ménage dans le quartier !

J'ai regagné Paris à une folle allure. J'ai remisé ma voiture dans un box que je louais au mois, chez un marchand de charbon, et je me suis terré dans mon atelier.

J'avais un fond de whisky dans un placard, je l'ai bu à la bouteille. Mais l'alcool n'a fait que renforcer mes nausées. J'ai dû m'étendre sur mon divan et fermer les yeux pour calmer le vertige qui me soulevait le cœur.

Je suis resté longtemps, abîmé dans cette nuit volontaire, aux prises avec une foule de pensées affolantes. Puis ça s'est un peu calmé et j'ai repris le contrôle de mon être.

Maintenant il n'était plus question d'attendre le bulletin de naissance et de faire établir le faux passeport. Le temps pressait. On allait diffuser le signalement de Marianne. L'inspecteur donnerait le mien par la même occasion et ce serait la fin. Moi, bien sûr, je ne risquais rien, mais elle risquait tout !

Les autorités espagnoles auraient communication de son signalement puisque par malheur elle avait parlé de l'Espagne autour d'elle. À Barcelone, on établirait une corrélation entre cet avis de recherche et la déposition que j'avais faite… Je devais donc la rejoindre coûte que coûte et lui trouver une cachette sûre en Espagne… Si je n'y parvenais pas, ce serait pour elle le pénitencier ou le cabanon.

J'ai failli aller reprendre ma voiture. Je me suis dit que le numéro en serait communiqué par la suite et que ça deviendrait une sérieuse entrave en Espagne. Alors j'ai décroché mon téléphone pour retenir une place dans l'avion de Barcelone. L'employé m'a demandé mon numéro de passeport. En le lui donnant, j'ai blêmi : il me fallait un nouveau visa et ça demanderait du temps !

Je me suis précipité dans la rue. J'ai couru jusqu'à ma banque et j'ai retiré de mon compte tout l'argent qui s'y trouvait. Je ne savais pas encore comment je le passerais, mais je tablais sur l'inspiration du moment.

Il n'était plus question de la villa des Gros-Murs et de ses pitoyables occupants. L'imminence du danger me talonnait. Je ne disposais que de quelques heures. Passé ce délai, il serait trop tard. Nanti de mes économies, je me suis rendu au consulat d'Espagne. Il y avait foule. J'ai fait passer ma carte au consul en mentionnant que je venais de la part de Jaime Galhardo, le chef de la nouvelle école de peinture espagnole.

Il m'a reçu immédiatement, avec bienveillance. Je lui ai dit que j'arrivais d'Espagne, que j'avais laissé là-bas ma fiancée et qu'un télégramme m'apprenait qu'elle avait été frappée de péritonite dans la nuit. Je voulais la rejoindre, seulement il me fallait un nouveau visa et…

Trois heures plus tard, je prenais place dans l'avion.

QUATRIÈME PARTIE

20

Il faisait une nuit superbe à Barcelone. Les lumières de la ville criblant la terre formaient sous l'avion un immense schéma en pointillés de feu.

Sur la gauche, je voyais la mer, pâle et scintillante à l'infini. Et je me suis senti soulagé. C'était l'Espagne… L'Espagne, noble et frénétique qui m'attendait, qui me rassurait.

Il y avait des cars pour Barcelone à l'aéroport. Mais comme Castelldefels était situé dans la direction opposée et à une faible distance, j'ai frété une voiture particulière pour m'y rendre. J'avais tout mon argent. Pour le passer, je l'avais glissé entre les pages d'une grosse revue que j'avais gardée négligemment sous mon bras.

L'auto qui m'emmenait était un vieux véhicule de marque française comme on en trouve encore dans nos campagnes, avec l'arrière muni d'un plateau pour servir la camionnette. Là-dedans, je sentais violemment tous les trous de l'autoroute. À mesure que nous approchions de la Casa Patricio, un effroi insupportable grandissait en moi. Je l'avoue, j'avais peur. Peur de la retrouver en sachant qui elle était ou, du moins, qui elle avait été. Je réalisais que c'était une criminelle. Ou une folle homicide, ce qui était pire dans un sens.

Je pensais au regard qu'elle avait sur mon tableau. Comme il était étrange que mon œil d'artiste ait saisi inconsciemment ce qui avait échappé à mon œil d'homme. J'évoquais le jour où, sur la plage, elle avait arraché l'aile de l'insecte... Était-ce un instinct qui sommeillait en elle et la poussait à ces gestes cruels ?

J'en étais là de l'affreux dilemme lorsque le vieux tacot s'est engagé dans le chemin cahoteux conduisant à la plage.

Le chauffeur s'est arrêté près du hangar de roseaux. Je l'ai payé. Puis j'ai pris ma valise et, sans songer à répondre à son adieu, je me suis dirigé vers la Casa.

*
* *

C'est elle que j'ai aperçue en premier. Elle était assise au bas de la terrasse, près d'une énorme plante grasse. Elle portait une jupe rouge que je lui avais achetée. Elle avait le menton sur ses genoux et les bras noués autour de ses chevilles. Elle regardait la mer éteinte, sans broncher. Jamais je ne l'avais vue aussi belle. Le léger vent de nuit faisait voleter ses longs cheveux. Sur la terrasse, la señora Rodriguez tricotait en attendant le samedi suivant qui amènerait un mâle dans son lit. Non loin de là, Tejero, assis à même le sol, psalmodiait un air navré et Mister Gin continuait sa ronde d'ivrogne digne dans le réfectoire désert.

J'ai écrasé une brindille et Marianne a tourné la tête. Elle a reçu la lune en plein visage. On eût dit qu'une lumière sulfureuse l'éclairait.

— Daniel !

La joie la faisait chanceler. Ses dents claquaient comme si tout l'hiver de la Sibérie venait de lui choir sur le dos.

Brusquement, l'odeur de sa maison est sortie de moi. Depuis le matin je la portais comme une monstrueuse charogne. Oui, tout a été pur, lavé, net... à sa semblance. Il y a eu Marianne... Une jeune fille neuve ! Vous comprenez ?

J'ai laissé tomber ma valise sur les feuilles épineuses et épaisses des plantes grasses. Je l'ai prise contre moi... Je ne voulais plus penser à autre chose. Je l'avais retrouvée, telle que je l'avais laissée, et cela seul avait de l'importance.

— Marianne...

Je mangeais sa bouche, ses dents crissaient sous les miennes, son souffle embrasait mon visage... Son odeur à elle, sa tendre odeur de femme m'apportait la rédemption que je n'osais espérer.

— Comment es-tu revenu ?

— En avion...

— Tu ne pouvais pas vivre loin de moi, n'est-ce pas, Daniel, c'est bien ça ?

— Oui, Marianne, c'est bien ça...

— Oh ! mon amour...

Nous n'avions pas la force de rire ou de pleurer. Notre bonheur était si total qu'un grand silence doré s'appesantissait sur nous.

Tejero s'est levé en geignant. Il m'a salué de son air morne de type suprêmement indifférent.

Il a fait avec la main le geste qui signifie manger en le corsant d'une interrogation muette. Ça m'a rappelé que je n'avais rien pris de la journée et que je grelottais de faim.

— *Si*, Tejero...

On m'a servi des beignets froids que j'ai trouvés délicieux. Marianne me regardait manger d'un œil attendri.

— Tu as pu trouver des papiers ?

J'ai menti.

— J'ai fait le nécessaire... On me les enverra.

— Quand partirons-nous ?

— Bientôt...

Tout en mastiquant, je la contemplais. Se pouvait-il que cette magnifique créature fût une criminelle ?

Mon premier élan de joie calmé, la notion du danger me revenait.

Je ne pouvais pas vivre en extase devant cette femme dans l'attente de l'irrémédiable. Je savais que, si dans son autre vie elle avait été conduite au meurtre, il ne restait plus rien en elle de ses actes passés. Elle s'en était libérée. Ils étaient tombés d'elle comme des fruits pourris. Et maintenant un sang nouveau irriguait ses veines... Seulement, la police ne tiendrait aucun compte de cette régénérescence.

Elle était en train de tisser sa gigantesque toile pour capturer une meurtrière. Les journaux devaient s'en donner à cœur joie. Elle aurait été acquittée pour l'assassinat de Bridon, mais on ne lui pardonnerait pas la mort de son enfant. On devait l'appeler la marâtre de Saint-Germain, l'Ogresse, ou quelque chose du même tonneau.

En passant en Espagne, j'avais accentué la marge me séparant de la police. Le temps que tout se mette en branle par-delà les Pyrénées, je pouvais bénéficier d'un répit d'au moins quarante-huit heures... Je devais donc le mettre à profit... Chaque minute comptait... J'ai eu envie de filer tout de suite, mais je me suis ravisé. Je ne disposais d'aucun moyen de locomotion. Et puis, je ne pouvais entraîner Marianne en pleine nuit sans lui fournir d'explication.

J'ai appelé Tejero, d'un geste... Il est arrivé, en traînant ses espadrilles disloquées.

— *Mañana Montserrat...*

C'était l'excursion type, celle que faisaient tous les touristes séjournant dans la région de Barcelone.

— *Si...*

Je lui ai expliqué que ma voiture était en panne et que le patron devrait nous emmener de bonne heure jusqu'à la gare.

— *Si...*

Cela réglé, je me suis levé et Marianne m'a suivi dans ma chambre.

Elle s'est assise sur mon lit. Il y avait si peu de place dans cette cellule qu'il fallait commencer par là. Elle s'attendait à ce que je la rejoigne, mais je n'avais pas envie d'elle. Je l'aimais d'un amour plus spirituel qu'avant, d'un amour plus chaste qu'au début de notre vie commune.

— Tu sembles peiné, Daniel...

Elle m'observait d'un œil surpris et triste.

— C'est la fatigue, mon amour... Rends-toi compte...

— Oui, c'est vrai... En ce cas, nous ne devrions pas faire d'excursion demain...

— Si...

— Tu ne crois pas que nous serions mieux ici, sur la plage, tous les deux?

Ça me flanquait un cafard monstre. J'étais profondément navré de devoir quitter la Casa Patricio.

— Écoute, je tiens à partir d'ici, Marianne... Ne me pose pas de questions, je t'expliquerai plus tard...

Elle a eu envie d'insister, puis, devant ma pauvre figure ravagée, s'est abstenue...

Le violon était sorti de sa boîte. Elle a suivi mon regard...

— Quand tu n'étais pas là, je venais jouer ici... C'était une façon merveilleuse de me rapprocher de toi...

Elle a saisi l'instrument. J'ai revu le salon fané de la rue des Gros-Murs, la gueule de lion de l'espagnolette, les rideaux à grille...

— Laisse ça, Marianne!

Elle a reposé le violon. Quand elle s'est retournée vers moi, des larmes brillaient dans ses yeux.

— Daniel, a-t-elle balbutié, est-ce que... est-ce que tu ne m'aimes plus?

C'était cela qu'elle devait dire. Bon Dieu si, je l'aimais ! Je l'aimais à en perdre la raison, à en crever ! Voilà… À en crever ! Maintenant je comprenais la valeur de cette expression.

Je me suis jeté sur elle comme un fauve. J'ai arraché sa jupe, son corsage et je l'ai crucifiée sur ce lit.

21

Après cette étreinte éperdue, nous sommes restés comme deux gisants. La Casa était devenue silencieuse et le « floc » de la mer avait repris possession de l'univers... De temps à autre, Tricornio, le chien jaune, aboyait à la lune. Par la fenêtre, je voyais, à la renverse, un ciel bleu qui ne ressemblait pas à un ciel de nuit. J'avais un sentiment de sécurité, à cause du bruit de la Méditerranée. Il me donnait la réconfortante impression d'être perdu au fin fond du monde, dans un pays hors de toutes les atteintes.

Marianne s'est mise à parler.

— Tu ne sais pas, Daniel ?

Sa voix était venue de très loin. Je croyais l'entendre au travers d'une vitre...

— Non ?

— Lorsque je joue du violon, la mémoire me revient.

— Qu'est-ce que tu dis ?

Je m'étais penché sur elle. Je serrais si fort les dents que mes mâchoires me faisaient très mal.

— Qu'as-tu ? a-t-elle balbutié... Daniel ! Tu me fais peur... Je n'aime pas ces yeux-là... Il y a du sang dedans !

Du sang ! Elle en avait plein ses mains, la pauvre petite ! Et elle l'ignorait.

— Excuse-moi, Marianne... Mais je t'aime tant que je suis jaloux pour ainsi dire de ta vie passée.

— Jaloux ?

— Oui, c'est bête, n'est-ce pas ?

— Non, je te comprends...

Elle a noué ses bras autour de mon cou.

— Tu sais, il n'y a pas de quoi, car je ne me rappelle pas grand-chose.

— De quoi te souviens-tu ?

Elle a fermé les yeux pour mieux se recueillir.

— Voilà... Tu sais, la fenêtre avec la gueule de lion ?

— Oui, Marianne, je sais !

— Derrière il y a la branche...

— Oui...

— Eh bien, quand je m'approche, je vois une balançoire attachée à l'arbre... C'est curieux, non ?

— C'est qu'il y avait une balançoire, Marianne... Et puis, que vois-tu encore ?

— Je vois une femme avec la figure rouge qui passe, lève la tête et me sourit...

J'ai aussitôt pensé : « Sa mère. »

— Et... c'est tout ?

— Non... J'entends aussi...

— Tu entends quoi ?

— Pendant que je joue, au-dessus de ma tête il y a un enfant qui pleure.

J'ai fermé les yeux. Une nausée s'enroulait dans ma gorge.

— Et ça me gêne pour jouer…

— Ah oui ?

— Oui… Toutes les fois je bute sur ma partition… Je ne parviens pas à la déchiffrer… Ma main tremble en tenant l'archet.

J'ai remarqué que de la sueur humectait son front. Elle revivait ces bribes du passé avec tant de force qu'elle en était littéralement épuisée.

— Tu ne revois rien d'autre ?

— Non…

— Eh bien, tâche d'oublier ça… N'insiste pas…

— Oui, Daniel…

— Ne pense plus qu'à nous, tu veux bien ?

— Oh, je ne demande pas mieux…

Je l'ai embrassée et nous avons fini par nous endormir. Avant de s'engloutir dans le néant réparateur elle a pris ma main à tâtons.

J'ai frissonné, car sa main à elle était froide comme la mort.

22

Lorsque je me suis éveillé, ma montre disait sept heures... C'était le moment de filer. J'avais un grand sac de bain dans lequel j'ai glissé mon costume d'alpaga. Après m'être rasé, j'ai revêtu un pantalon de lin et un sweater bleu. Puis j'ai mis mon fric dans ma trousse de voyage et la trousse dans le sac. Ensuite, j'ai secoué Marianne.

— Debout, paresseuse...

Quand elle dormait, elle était plus angélique que lorsque ses grands yeux bleus se posaient sur moi. Ça m'a fait triste de l'arracher au sommeil.

Elle a eu un soupir et un léger sourire s'est dessiné sur son visage.

— Tu es là, Daniel ?

— Oui, ma chérie...

— Tu me le jures ?

— Regarde !

Elle a ouvert les yeux.

— Merci...

Et nous avons commencé cette journée exactement comme si, en effet, nous partions en excursion, alors qu'en réalité nous fuyions.

*
* *

J'avais eu raison de ne pas prendre ma voiture, pourtant l'absence de véhicule me handicapait. J'avais pris l'habitude de me servir de mon auto comme de mes jambes et je me sentais infirme sans elle.

Le père Patricio nous a conduits à la gare dans sa petite voiture de livraison à trois roues.

En nous quittant, il m'a demandé :

— Ce soir ?

— Non : *mañana* !

J'ai montré mon chevalet que j'emportais…

— Peinture… Montserrat !

— *Si*…

Une poignée de main quotidienne, et le fil était rompu. Nous étions, Marianne et moi, deux fugitifs, mais elle l'ignorait.

Au lieu de prendre le train pour Barcelone, comme nous aurions dû le faire si effectivement nous nous étions rendus à Montserrat, nous sommes ressortis de la gare pour monter dans le car de Sitges.

— Nous n'y allons pas en train ? s'est étonnée Marianne.

— Non, je viens de penser que c'est un affreux tortillard qui s'arrête à tous les tournants de la voie… Nous serons mieux dans l'autobus…

Une fois à Sitges, j'ai déniché un autre car pour Vendrell. Puis, de là, nous en avons pris un troisième pour Tarragona. La surprise de Marianne était croissante.

À un certain moment, dans l'abri d'une gare routière, elle s'est arrêtée devant une carte d'Espagne étalée sur le mur.

Elle s'est retournée vers moi, un peu pâle.

— Voyons, Daniel, nous tournons le dos à Montserrat…

— La belle affaire… Nous irons là-bas un autre jour… Je trouve le littoral plus agréable, pas toi ?

— Si… Mais avons-nous besoin de prendre des cars et des cars ? Ça va être un vrai voyage pour rentrer à la Casa Patricio.

Le moment était venu de mettre un peu les choses au point.

— Écoute, Marianne, il faut que je te fasse un aveu…

Elle a été désorientée, j'ai lu une véritable panique dans ses yeux.

— Je…

— Dis vite, c'est à mon sujet, n'est-ce pas ?

J'ai secoué la tête.

— Non, Marianne. C'est au mien… Il y a quelques années j'ai fait de la politique en France… De la politique extrémiste… Tu sais qu'ici nous sommes dans un pays de dictature. J'ai su que les autorités m'ont repéré. Je risque d'être expulsé. Je ne veux pas que cela se produise avant d'avoir les papiers qui me permettront de t'emmener, tu saisis ?

— Bien sûr ! Alors ?

— Alors nous allons chercher un petit coin tranquille et nous y cacher en attendant…

Elle paraissait mordre à mon histoire. J'étais assez content de ma trouvaille.

Nous avons pris place dans le troisième car. Soudain, Marianne a sursauté.

— Mais… Daniel !

— Oui ?

— Comment recevrons-nous les papiers si nous quittons la Casa Patricio sans prévenir ?

J'ai été pris de court.

Elle semblait alarmée et il fallait que je trouve vite quelque chose de plausible pour la calmer.

— Ne te tourmente pas. J'ai dit qu'on garde les papiers en France jusqu'à ce que je donne l'adresse de l'endroit où nous les envoyer.

— Ah bon…

Et nous nous sommes mis à parler d'autre chose.

23

Il était midi lorsque nous arrivâmes à Tarragona. La fatigue de la veille se faisait sentir. Je me dis que cela ne servirait à rien de fuir jusqu'à l'autre bout de l'Espagne. Ce qu'il fallait trouver, c'était une cachette sûre, et cette cachette pouvait exister n'importe où. Lorsque nous serions en sécurité, j'attendrais que les choses se tassent et je chercherais un moyen de rentrer en France. Je ne pensais pas encore que cette aventure risquait de compromettre ma carrière et même de me valoir la prison, car je me faisais volontairement le complice d'une meurtrière. Si au moins ce gros crétin de flic n'avait pas eu l'idée saugrenue de venir rue des Gros-Murs au moment où je m'y trouvais, je serais resté en dehors de l'affaire et ça aurait évité bien des complications. Enfin, il est vain de pleurer sur des faits qui se sont produits. J'avais mieux à faire.

Nous nous sommes assis à une terrasse de café et, tout en savourant des xérès, je me suis livré à un petit tour d'horizon.

Si nous descendions dans un hôtel ou même une simple auberge de village, nous étions perdus car avec les carabiniers qui draguaient toute l'Espagne, nous ne resterions pas trois jours en liberté lorsqu'ils auraient en poche notre signalement.

J'ai eu une idée : louer une petite maison, où nous pourrions nous terrer sans attirer l'attention. J'ai recommandé à Marianne de m'attendre un moment et je suis parti à travers la ville. J'ai commencé à changer une partie de mon argent dans une officine, ensuite je me suis mis en quête d'une agence de location. J'en ai trouvé une dans le centre. Il y avait un tas de photos jaunies par le soleil dans la vitrine. Toutes représentaient des constructions à vendre ou à louer dans les environs. Je suis entré.

Une grosse demoiselle suifeuse m'a adressé la parole en français. Ça m'a un peu décontenancé.

— Comment avez-vous compris que j'étais français ?

— J'ai vécu à Paris...

Elle me souriait.

— J'aimerais louer une petite maison pas trop chère pour un mois.

— J'ai ce qu'il vous faut !

Elle a ouvert un casier et a sorti une fiche rose après laquelle était agrafée une photographie.

— Cela vous irait ?

C'était une villa toute blanche entourée de palmiers.

— Dites donc, c'est pour une vedette d'Hollywood, ça ?

— C'est pour la personne qui a dix mille pesetas à dépenser!

J'ai fait le calcul. Ça représentait environ sept cents francs français. Un rien! On pouvait se donner l'impression d'être un gros ponte pour pas grand-chose.

J'ai sorti les dix mille pesetas.

— Comme nous sommes le vingt-quatre, m'a dit la grosse fille, vous avez droit à six jours de supplément à titre de prime. Je vais vous faire un reçu postdaté afin de faire partir la location du premier du mois prochain.

— Merci.

— Voici les clés! C'est à treize kilomètres d'ici, non loin de la mer. Évidemment, si la maison se trouvait en bordure de plage, le prix en serait plus élevé.

Je ne tenais pas tellement à la plage, car il y a trop de monde.

Elle m'a noté l'adresse au dos du reçu.

— Vous pouvez vous y faire conduire en taxi...

C'est ce que nous avons fait. Vous avouerez que ça n'est pas courant de louer une maison aussi rapidement et d'y foncer les coudes au corps avec les clés dans sa poche.

Nous étions aux anges, elle et moi. Nous retrouvions nos enthousiasmes d'enfants et ce goût du merveilleux qui sommeille toujours dans le cœur des hommes.

Elle me questionnait au sujet de la photographie qu'on m'avait montrée.

— C'est vraiment beau, dis-tu ?

— Une villa de milliardaire !

En arrivant, nous avons un peu déchanté. La villa se trouvait presque en bordure d'une route laide, dans un paysage pelé. Et la photo que j'avais vue avait dû être prise le jour où on avait terminé la construction.

Elle avait beaucoup vieilli depuis. De grandes lézardes sinuaient sur la façade grise et les plantes avaient envahi les alentours. Les palmiers étaient maigres et jaunes… L'ensemble sécrétait un ennui torride.

Nous nous sommes regardés.

— Pas très folichon, hein ?

Elle a haussé les épaules.

— Qu'est-ce que ça peut faire, puisque nous sommes ensemble ?

— Tu as raison.

Nous avons regardé disparaître le taxi dans un monstrueux nuage de poussière blanche. Puis j'ai poussé la porte disloquée donnant accès au chemin menant à l'entrée.

Nous venions emménager avec pour tout bagage un chevalet, une boîte à peinture et un sac de bain. Notre aventure ne manquait pas d'humour.

Comme j'arrivais à la porte de la villa, je me suis arrêté, frappé par la ressemblance que cette demeure offrait avec l'autre… Celle de la rue des Gros-Murs. Rien ne manquait à cette évocation, pas même la végétation folle qui l'encerclait.

— Qu'as-tu ? a demandé Marianne.

— Cette maison ne te rappelle rien ?

Elle l'a regardée.

— Non, pourquoi ?

— Pour rien... Je... Il me semble toujours qu'un spectacle nouveau va raviver quelque chose en toi...

— Eh bien, tu te trompes...

J'ai ouvert la porte. Ici, par contre, ça ne sentait pas l'humidité. Les murs avaient une bonne odeur de pierres chaudes.

— On s'installe ?

— Allez !

Dans le fond, l'isolement de la villa était un bon point pour nous. Il y avait près de deux kilomètres d'ici le prochain village. Je comprenais pourquoi le montant de la location était si faible.

La disposition des lieux rappelait aussi celle de l'autre. À droite, une salle de séjour meublée en espagnol moderne, c'est-à-dire de façon plutôt atroce. À gauche une cuisine. Un escalier au fond, tout blanc, et, au premier, deux chambres.

— Allons voir notre lit !

Elle s'est blottie contre moi.

— J'ai vraiment l'impression que nous sommes chez nous, Daniel !

— Mais nous sommes chez nous !

Enlacés, nous avons gravi les marches. Elle a avancé la main vers la poignée de la porte de droite. Et tout à coup, comme elle commençait à l'ouvrir, elle a poussé un cri terrible. Un cri qui a résonné dans la maison vide. Elle tremblait comme une loque dans le vent. Je l'ai soutenue… Comme elle défaillait, j'ai poussé la porte du pied afin de l'étendre quelque part. Elle a hoqueté :

— Non ! Non !

Puis elle s'est arc-boutée pour m'empêcher de la faire pénétrer dans la chambre. J'ai dû la ceinturer. Nous avons franchi le seuil. C'était une pièce toute blanche, pleine de soleil, avec un lit bas et des meubles moins tartes qu'au rez-de-chaussée. Marianne s'est calmée instantanément. Elle a passé sa main sur son front en sueur.

— Qu'est-ce que tu as eu, mon amour ?

Elle secouait la tête.

— C'est effrayant.

J'étais en nage et j'avais autant qu'elle envie de hurler. Je la questionnais pour la forme, mais j'avais tout compris : cette porte en haut des escaliers lui avait brusquement rappelé la chambre de là-bas…

— En ouvrant cette porte, il m'a semblé que j'allais trouver ici des gens morts…

— En voilà une idée !

— Si… Ça m'a traversée comme un éclair. J'ai vu du sang… Des corps étendus…

— Et ça t'a rappelé quelque chose ?

— Non, ça n'a été qu'une vision… Un cauchemar, quoi !

Je me dis que les cauchemars appartenaient au sommeil. Depuis que j'avais découvert l'horrible vérité, je n'avais pas encore envisagé le cas où Marianne recouvrerait la mémoire. Ça me paraissait tellement monstrueux!

Que devrais-je faire si, soudain, elle s'écriait : « Je me souviens! »?

Je suis descendu en courant chercher de l'eau à la cuisine, mais la pompe de l'évier était désamorcée. Je commençais à ne plus être aussi fier de « ma » maison.

J'avais remarqué une fontaine, au bord de la route, quelques centaines de mètres avant d'arriver. J'ai empoigné l'anse d'un seau et je suis parti chercher de la flotte. En marchant, je ruminais des idées plus que sombres. La solitude du lieu avait quelque chose de déprimant. Cela ne ressemblait pas exactement à l'Espagne, c'était plutôt comme le désert australien, quelque chose de plat, d'infini, avec des arbres bas, secs et noirs. Quelle idée un homme avait-il eue de se faire construire une bicoque dans ce coin désolé?

Le soleil cognait ferme. Je revenais avec mon seau plein d'eau lorsque deux carabiniers m'ont dépassé à bicyclette. Ils m'ont jeté un regard surpris mais ont poursuivi leur chemin.

À cet instant, je n'ai pu m'empêcher de songer que si l'enfer existait, il devait ressembler à ce que je vivais en ce moment. Un décor de feu, sinistre... Une maison lugubre... Et une femme belle et pure qui pourtant était une criminelle... Oui...

J'ai posé le seau un instant et j'ai pris de l'eau dans mes mains pour m'en inonder le visage.

En arrivant, j'ai crié « Hou-hou », mais personne ne m'a répondu. Saisi de panique, j'ai gravi l'escalier en courant. Marianne dormait en travers du lit. Sur son visage inconscient, deux larmes brillaient encore au soleil.

24

Le soir, nous sommes allés acheter des provisions au village. C'était un hameau méditerranéen, aux toits décolorés, avec des boutiques d'épiciers à l'étal pittoresque. Elles ne comportaient pas de vitrines, seulement une ouverture dans un mur, avec tout autour, pêle-mêle, des jambons, des balais, des paniers de fruits et des outres de vin...

Marianne ne se ressentait plus de sa commotion de la matinée. J'évitais de lui en parler pour ne pas la troubler, mais elle avait sapé ce bonheur bizarre que j'éprouvais. Elle avait été la jeune meurtrière recherchée en France. Pour moi, il s'agissait d'un autre être sans relation aucune avec celui de Saint-Germain. Et voilà que ce choc avait remis en quelque sorte les deux êtres en présence. Pour un temps très court, c'est vrai, mais un phénomène identique nous menaçait désormais, puisqu'il s'était déjà produit !

Nous avons acheté un tas de denrées et nous étions chargés comme des ânons en rentrant à la villa. Le soir déclinait, car nous étions partis tard dans l'après-midi. La campagne aride devenait d'un jaune tirant sur le vert. La couleur était intéressante, mais je ne la « sentais » pas. Elle m'incommodait un peu.

Comme nous avancions, j'ai aperçu, dans le lointain, les deux carabiniers qui revenaient de leur périple.

— Viens par ici ! ai-je dit à Marianne.

Il y avait un buisson de plantes épineuses, non loin de là. Nous sommes allés nous accroupir derrière.

Sans bouger, silencieux, sans nous regarder non plus, nous avons attendu que les deux hommes passent.

— Allons-y !

Elle s'est relevée, a repris le filet de fruits qu'elle portait. Elle semblait pensive.

— Daniel, m'a-t-elle dit soudain en se plantant au milieu de la route, je sens que tu me caches quelque chose…

— Tu plaisantes !

— Hélas non… Tu ne me feras pas croire que tu dois éviter le premier gendarme venu parce que tu as fait de la politique en France !

— Mais je t'assure !

— Non ! Je ne te crois pas. Si tu étais indésirable, d'abord, on ne t'aurait pas accordé de visa !

La logique féminine reprenait l'avantage. J'étais très ennuyé.

— D'autre part, poursuivit-elle, avant ton court voyage en France, tu n'avais pas peur des policiers. Tu trinquais même avec ceux qui venaient à la Casa Patricio !

L'argument m'a ôté toute envie de mentir. Elle a laissé tomber les raisins et les pêches dans la poussière et ses deux mains ont pétri mon sweater.

— C'est à cause de moi, je le sens !

— Tu es folle !

Ça n'était qu'une exclamation très courante. Elle a baissé la tête...

— Peut-être, oui.

— Voyons, Marianne, je plaisante...

— Non. Je réfléchis beaucoup à mon cas. Pour avoir perdu la mémoire à la suite d'un pauvre petit choc de rien du tout, il ne fallait pas que j'aie le cerveau bien solide, tu ne crois pas ?

— Ça n'a rien à voir... C'est une sorte de... de phénomène inexplicable...

— Tu n'as en tout cas pas répondu à ma question ; c'est à cause de moi que tu te caches, hein ?

J'ai failli tout lui dire, tellement je me sentais désemparé. Lui flanquer la vérité au visage comme un seau d'eau sale. J'ai réussi à me calmer. Non, je ne pouvais lui faire ça. Il fallait coûte que coûte lui mentir.

— Je vais te dire la vérité.

— Eh bien, dis-la !

— J'ai tué quelqu'un avec ma voiture dans les environs de Gerona, en revenant : un vieux bonhomme qui traversait la route. Je me suis dit qu'on allait m'arrêter et que...

Elle a secoué la tête. C'était inouï de vivre une scène pareille ! Je bêlais des mensonges pour lui éviter de savoir et c'était elle, la meurtrière, qui me questionnait, posément, froidement, avec une obstination de vieux policier.

— On n'arrête pas quelqu'un pour un accident de voiture. Du moins pas pour longtemps. Tu me mens !

Elle avait les pommettes rouges et son regard restait fixe. Ses mains s'agrippaient à mon vêtement, je sentais ses ongles s'enfoncer dans ma chair.

— Je veux la vérité, Daniel. Et si tu m'aimes, tu vas me la dire ! Réponds, tu as découvert quelque chose sur moi !

— Que pourrais-je découvrir sur toi qui m'oblige à te cacher ?

L'objection l'a frappée. Elle a laissé tomber ses mains le long de sa jupe.

— C'est vrai… À moins que… Dis, Daniel, j'étais mariée, hein ? Et mon mari me recherche, c'est ça ?

— Non…

— J'ai fait du mal… avant ?

Je n'en pouvais plus. Jamais l'interrogatoire d'un suspect ne fut plus âpre que le mien.

— Mais non ! Et comment le saurais-je !

— J'ai cru… C'est cette vision tout à l'heure… Ce sang… Tu ne crois pas que j'ai vu ça déjà, et que…

— Cesse de te tourmenter, c'est pour le coup que tu vas devenir folle, ma chérie. Puisque tu y tiens, voilà la vérité : je suis recherché par la police française…

— Qu'as-tu fait ?

— Une escroquerie…

— Tu mens, tu es un honnête homme ! Tu serais incapable de nuire à quelqu'un…

— J'avais fait une copie d'un Matisse pour m'amuser… Un amateur de peinture est venu à mon atelier, l'a remarquée et pour crâner je lui ai dit que c'était un vrai. Il a voulu me l'acheter… J'en avais marre de crever de faim. J'ai sauté sur l'occasion. Il m'a lâché une grosse somme, c'est ce qui m'a permis de venir en Espagne. L'autre jour, en rentrant en France, j'ai lu dans la presse qu'on me recherchait pour faux et escroquerie… Je suis revenu immédiatement… Oh, pas pour échapper à la justice, mais pour ne pas te perdre !

Je la regardais. Je ne savais pas cette fois si elle allait me croire, et pourtant j'avais mis tout le paquet, ma voix était si convaincante que j'en étais ébranlé moi-même. Cet aveu au chiqué me flanquait un complexe de culpabilité. Elle m'a cru. Son visage était tendu, sévère.

— Tu as fait cela, toi !

— Oui, mais…

— Toi, un peintre, tu as usé de ton talent pour soutirer de l'argent !

— Écoute, Marianne !

— Voleur !

Si le tonnerre m'avait frappé, je n'aurais pas été plus assommé. C'était elle qui m'injuriait, qui me crachait son mépris au visage !

— Marianne !

— Menteur !

— Mais !

— Tu m'as fait trois mensonges successivement. Je ne te croyais pas ainsi… Oh, mon Dieu !

Elle s'est jetée à plat ventre sur le talus galeux. Elle hoquetait et je n'avais pas la force d'intervenir. Seule la vraie vérité, c'est-à-dire la sienne, aurait pu me blanchir maintenant à ses yeux ! Et cette vérité-là, je n'avais pas le droit de la lui dire !

J'ai donc attendu qu'elle se calme. Et elle s'est calmée progressivement.

D'un ton sec, j'ai demandé :

— Tu y es ?

Elle m'a fait un signe affirmatif.

— Alors rentrons…

J'étais dans le fond furieux contre elle et contre moi. J'ai ramassé son filet de fruits et j'ai continué ma route en direction de la maison. Elle marchait à mes côtés, les bras ballants. Le claquement de ses spartiates dans la poussière me martelait le cerveau.

25

Nous avons très peu mangé, sans presque parler. Nous n'avions rien à nous dire. En mentant, j'avais créé une vérité qui lui était intolérable. Il fallait attendre. Je me traitais moralement d'idiot. J'aurais pu trouver autre chose en fait d'explication. Il est vrai que j'avais essayé, sans succès.

Bien entendu, l'électricité ne marchait pas à la villa. La foudre était tombée sur la ligne de raccord qui traversait la propriété et personne ne s'était soucié de la réparer. En définitive, cette maison ne valait pas un clou et le prix de dix mille pesetas s'avérait prohibitif.

Nous sommes montés nous coucher en frottant des allumettes. Nous nous sommes déshabillés à tâtons. Elle s'est pelotonnée à l'autre bout du lit en me tournant délibérément le dos.

J'avais une folle envie d'elle, mais je me suis abstenu. Je savais qu'elle m'aurait repoussé et je n'aurais pas supporté une rebuffade de Marianne. Longtemps, dans le noir, j'ai remâché mon amertume. Décidément le sort se liguait contre moi. J'étais entraîné dans un tourbillon macabre. Des liens invisibles m'entravaient au fur et à mesure que j'avançais.

J'ai fini par sombrer dans un sommeil visqueux. J'avais chaud, j'étais mal… Je voyais le cadavre en décomposition de Bridon tourniquer autour de moi, comme s'il était prisonnier d'un remous.

Confusément, je pensais qu'elle allait peut-être me tuer pendant mon sommeil. Elle était à la merci d'une crise. Je n'avais pas peur de la mort. Je l'acceptais. Offerte par ses mains, elle devenait un inestimable présent.

*
* *

Je me suis éveillé sur une sensation de chaleur intense et j'ai constaté que je me trouvais en plein dans le flot de soleil entrant par la croisée.

Je me suis tiré vers le milieu du lit. Je m'attendais à sentir le contact de Marianne sur ma peau nue, mais il n'y avait que les deux draps superposés. Ils se joignaient et mon genou avait beau avancer, il les écartait sans rien rencontrer.

J'ai ouvert les yeux. Elle n'était plus là. Je me suis levé d'un bond. La chaise où elle avait jeté ses effets était vide. Je dansais sur le plancher sans parvenir à m'habiller. Je disais des choses sans suite d'une voix geignarde que j'ai encore en mémoire.

Enfin j'ai été vêtu. Je m'apprêtais à sortir lorsque j'ai vu quelque chose de bizarre sur la table. Elle avait sorti les allumettes de leur boîte et elle s'était servie des bûchettes pour fabriquer le mot ADIEU.

Cela confirmait mes craintes ! La petite sotte était partie... Elle m'avait fui parce qu'elle me prenait pour un escroc !

Je me demandais si elle était partie depuis longtemps. Ma montre indiquait huit heures. Je n'avais rien entendu, rien senti.

J'ai couru dehors. Une sorte de fumée translucide flottait au ras du sol. Aussi loin que ma vue pouvait porter, je n'apercevais que la morne terre désolée, avec ses squelettes de végétation.

Je ne savais dans quelle direction m'élancer... Je n'avais pas de véhicule... Mon Dieu, tout cela était affolant !

J'ai vérifié si elle avait pris de l'argent dans la réserve, mais non. Toutes mes pesetas étaient là, dans la trousse. Marianne s'était envolée, sans un sou, à l'aventure... Elle m'avait fui.

Au lieu de me diriger en direction du village voisin, j'ai foncé en deçà de la ville, vers un horizon de caillasse et de poussière. Je marchais vite, le dos courbé, cherchant désespérément les traces de Marianne sur le sol caillouteux.

Il n'y avait rien... Alors je me suis mis à courir comme un perdu, droit devant moi, en l'appelant ! Je refusais l'évidence ! Elle ne pouvait pas être partie... Elle ne pouvait pas m'avoir laissé... D'un moment à l'autre l'un de ces damnés porteurs de tricorne l'appréhenderait... Non, il fallait que je la retrouve coûte que coûte ! Et vite ! C'était une chasse sans merci...

La police d'Espagne multiple, partout présente... Et moi, moi qui étais recherché aussi sans doute, moi qui ne parlais pas un mot d'espagnol et qui n'avais que mes deux pauvres jambes !

— Marianne ! Mariaaaaanne !

Le fourmillement des insectes, seul, me répondait.

CINQUIÈME PARTIE

26

J'ai couru des heures. Je m'arrêtais lorsque je rencontrais quelqu'un pour lui demander s'il avait aperçu Marianne. Je m'exprimais dans un espagnol petit nègre, mais ma volonté de la retrouver était telle que je parvenais à me faire comprendre presque aussi bien que si j'avais manié la langue de Cervantès.

Toutes les réponses étaient identiques :

— *No...*

Pas de Marianne... J'avais pris la mauvaise direction... Je repartais en sens inverse, prenais des sentiers pour couper court... J'arrivais en vue des bourgs embrasés... Je prenais les paysans au revers de leur veste.

— *Una señorita con cabellos dorados!*

Ils n'avaient jamais vu de demoiselle aux cheveux d'or... Ça se faisait fort peu dans le pays.

Ils me regardaient avec inquiétude, croyant que j'étais fou.

Je ne sais combien de temps a duré cette poursuite creuse à travers la campagne déprimante. Mes espadrilles de corde étaient disloquées. Je marchais en traînant la jambe.

« C'est fini, me disais-je... Complètement fini... Je ne la retrouverai pas. »

Lentement je suis retourné à la villa pour y reprendre mes papiers, mon argent et ma peinture. Il m'a fallu plusieurs heures pour la retrouver à cause des multiples changements de direction que j'avais opérés.

Lorsque enfin je l'ai aperçue, au bord de l'horizon, grise et triste entre ses palmiers jaunis, je titubais de fatigue...

Les derniers mètres ont été les plus atroces. Mes jambes de plomb me refusaient tout service. J'ai buté dans le portillon démantelé de la barrière et j'ai dû m'adosser à un arbuste rabougri pour me reprendre un peu. Enfin, j'ai fait les quelques pas me séparant de la maison.

Je l'ai vue depuis le seuil. Elle était dans la salle de séjour, assise à la table, avec ses mains jointes devant elle. Elle m'a regardé venir sans bouger.

J'étais à bout.

— Espèce de petite garce !

J'ai tiré un siège en face d'elle, et m'y suis assis avec une lenteur de paralytique. Nous nous sommes regardés intensément, et j'ai senti fondre ma rancœur. J'étais heureux de la retrouver. J'en avais des sanglots secs dans la poitrine et dans le gosier.

— Comme tu trembles ! a-t-elle soupiré.

— J'ai tellement couru, tellement gueulé ton nom... Pourquoi es-tu revenue ?

— Parce que je t'aime trop fort, Daniel... Rien ne pourra me séparer de toi.

— Alors, pourquoi étais-tu partie ?

— Je me suis éveillée, sur le matin, je t'ai regardé dormir... Et j'ai pensé que tu étais un voleur. J'ai eu honte... J'ai cru que je ne pourrais plus vivre à tes côtés !

— Idiote !

— Oui, je sais... C'est ce que je me suis dit en marchant. Mon amour devait être au-dessus de tout ça...

Elle s'est levée, a contourné la table et elle est venue s'agenouiller à mes pieds. Ses mains ont pris mes mains. J'ai senti son beau visage lisse sous mes doigts.

— Je ne t'en veux plus, Daniel. Je te pardonne...

J'ai fermé les yeux et, tout au fond de moi, une voix secrète a murmuré :

« Moi aussi ! »

*
* *

La soirée que nous avons passée dans la villa du bout du monde fut la plus extraordinaire de mon existence. Existe-t-il des mots pour traduire la sauvagerie de nos étreintes, nos cris de bête, nos pleurs et surtout notre volonté farouche d'être l'un à l'autre à corps, à âmes perdus !

Nous avions de brèves périodes d'un sommeil fiévreux, et puis nous nous rejetions encore et toujours l'un contre l'autre, comme si, en nous soudant, nous avions essayé de créer un être plus fort que la vie… Comme si notre union nous libérait d'elle, de ses servitudes et de ses menaces.

Enfin, un peu avant les prémices de l'aube, nous avons coulé à pic dans le néant.

Je n'avais pas remonté ma montre depuis belle lurette, aussi était-elle arrêtée lorsque je me suis éveillé. Mais à la qualité de la chaleur et à la position du soleil, j'ai pensé que midi approchait. J'avais une faim d'ogre. Je suis descendu à la cuisine pour préparer du café au lait et j'ai monté nos deux bols avec des toasts dans la chambre.

Marianne venait d'ouvrir les yeux. Elle semblait un peu égarée, ce qui m'a inquiété.

— Ça ne va pas, ma chérie ?

— Si, seulement, j'ai fait des cauchemars cette nuit. Je pense que ce sont ces émotions d'hier qui en sont la cause.

J'ai posé les bols fumants sur la table où le mot « Adieu » était resté tracé avec les allumettes.

— Quel genre de cauchemars, Marianne ?

Elle s'est voilé les yeux. Ses longs cheveux blonds ruisselaient en pluie dorée sur ses épaules nues. Je regardais ses seins bronzés, admirablement proportionnés et durs…

J'ai répété, torturé par l'anxiété :

— Quel genre de cauchemars, hein ?

Qu'allait-elle dire, qui m'épouvanterait ?

— J'ai vu un berceau blanc, sur une rivière. Dedans, il y avait un enfant mort… Et il s'en allait, au fil de l'eau, jusqu'à un gros tourbillon qui l'engloutissait !

Le petit rire idiot que j'ai réussi à émettre était le plus pitoyable qu'on eût jamais entendu.

— En effet, pour un cauchemar...

Je lui ai tendu son bol de café au lait. Elle l'a touillé machinalement...

— Daniel...

— Oui ?

— Tu ne crois pas que... que j'ai eu un enfant, *avant* ?

— En voilà une idée !

Je sentais que sa mémoire reviendrait peu à peu... Un lent travail se faisait en elle et quand il aurait restitué suffisamment d'images dans sa pauvre tête, elle se souviendrait. Sa vie présente rejoindrait l'autre !

Cette perspective m'effrayait bien plus que la police.

— Tout de même, a-t-elle soupiré, ça n'est pas normal que je rêve des choses aussi étranges !

— Le propre du rêve, c'est l'étrangeté, Marianne...

J'avais fait une bêtise en l'amenant dans cette villa perdue. Ici, j'avais retrouvé immédiatement une atmosphère similaire à celle de la maison de Saint-Germain. Tout est question d'atmosphère ici-bas. Le surprenant climat de cette demeure attisait sa mémoire engourdie.

Il fallait que je réagisse, que je m'emploie à freiner cette marche arrière.

Je devais mobiliser mon intelligence, mon amour, ma volonté.

— Enfin, Marianne, c'est ridicule, chaque fois que tu vas faire un rêve absurde, tu vas t'identifier à ce rêve ? Si une nuit tu rêves d'une femme à barbe, tu vas en déduire que dans ta vie précédente tu t'exposais dans les foires ?

Ça l'a à peine fait sourire... Elle ne bougeait pas, ne mangeait pas.

— Daniel, si j'avais eu un enfant, je ne l'aurais pas oublié, n'est-ce pas ?

— Ben voyons !

— Je le sentirais dans ma chair, hein ?

— Mais oui, bien sûr...

C'était maintenant qu'elle avait des instincts de mère. Elle avait laissé mourir son petit, mais maintenant elle savait ce que doit être un enfant.

— Daniel...

— Marianne ?

— J'aimerais que nous ayons un enfant, tu ne voudrais pas ?...

À cette minute, j'ai cru que je poussais la porte du premier étage, rue des Gros-Murs.

J'ai retrouvé l'odeur de charnier, j'ai deviné les deux cadavres. Celui du vieux, mutilé, crevé, saignant... Et celui de l'enfant, couvert de sanie.

Elle m'a fait horreur, pour la première fois. Non à cause de ce qu'elle avait commis, mais à cause des liens qui l'attachaient aux deux morts. Je pensais à ce vieillard dénudé qui s'était étendu sur elle... Je pensais à ce petit mort sale et pustuleux qui était né de leur ignoble étreinte. J'en avais la chair de poule. C'était toucher le fond de l'abîme humain.

Nous avons déjeuné. C'était triste, car nous ne trouvions rien à dire.

Marianne a posé son bol.

— Qu'allons-nous faire aujourd'hui ?

La question m'a pris de court. Ici, nous n'avions aucune distraction... C'était le désert, sans eau, sans jeu, sans promenades... Nous ne pouvions qu'errer dans la poussière blanche des chemins, en butant dans des pierres et en regardant les feuilles laiteuses aux piquants perfides des plantes exotiques.

— Nous allons peindre...

— Nous ?

— Oui... Je veux refaire ton portrait...

— Pourquoi ?

— Parce que tu es un sujet qui m'inspire, parbleu...

Je tenais à recommencer mon œuvre, maintenant que je savais. La première fois, j'avais mis sans le savoir l'accent sur ce qui n'allait pas chez elle... Sa folie homicide brillait dans son œil, et je ne me souvenais pas d'avoir voulu la traduire... Je ne me rappelais pas la touche de couleur claire que j'avais déposée sur la toile pour l'exprimer. Maintenant, il fallait que je peigne sa pureté intégrale en sachant qu'elle avait été une criminelle et qu'elle portait ce germe en elle.

— Bon... Si tu sens l'inspiration.

C'était la solution idéale, car ça nous permettait de tuer le temps sans nous en apercevoir.

J'ai peint une partie de la journée, mais je n'étais pas content de mon travail, car toujours revenait le regard cruel que, précisément, j'essayais d'oublier. Je ne le voyais pas en contemplant Marianne, mais sur la toile il était là, indélébile, présent, envahissant, gommant toutes les autres expressions de la physionomie.

À une période de pause, Marianne est venue regarder la toile.

— Pourquoi me fais-tu un air méchant ?

Je n'ai rien répondu.

J'ai essayé de revenir sur les traits esquissés. J'ai perdu la ressemblance... Le portrait est devenu un portrait anonyme. Je devais bien me rendre à l'évidence : si je peignais Marianne, je peignais une criminelle, et je n'y pouvais rien...

Écœuré par ce sortilège de mon art, j'ai abandonné mon tableau. Nous n'avions plus de pain. J'ai proposé à Marianne d'aller jusqu'au village, mais elle a refusé parce qu'elle se sentait lasse. J'ai donc pris seul la route du petit village. J'étais content d'échapper pour un moment à l'envoûtement de la maison, et plus encore à celui de ma compagne. Mon amour était si étrange ! Par-dessus tout, il y avait cette attirance physique et cette attirance graphique, si je puis dire. J'aimais sa chair, son harmonie, son odeur, ses regards... J'aimais son mystère...

Je voulais la sauver. Ça n'était pas sa faute si elle avait poussé sur un tas de fumier avec un violon en guise d'âme !

J'ai bu plusieurs apéritifs au café du village. Puis j'ai acheté du pain et des fruits, ainsi que de la charcuterie de sanglier.

J'allais rentrer lorsque j'ai pensé qu'on vendait peut-être des journaux français dans le pays. J'appris qu'il fallait aller à Tarragona pour s'en procurer.

Justement le patron du café y partait sur une vieille motocyclette qui crachait une fumée noire avec un bruit de meeting d'aviation. Il me promit de me les rapporter.

Je lui tendis cent pesetas en lui disant de me les livrer à la villa à son retour.

Il vint à la tombée de la nuit, tandis que Marianne préparait une salade de fruits arrosée de rhum. J'avais les doigts pleins de peinture. Je criai à l'homme de poser les imprimés sur la table et je le raccompagnai jusqu'à la porte.

Lorsque je rentrai dans la cuisine, ma compagne s'emparait d'un des journaux. C'était *Le Figaro*. Je me saisis du second, *France-Soir*. La photographie de Marianne s'étalait sur deux colonnes en première page. Il s'agissait d'une méchante photo d'identité que la police avait dû dénicher dans un tiroir de la vieille bicoque. Ce qui m'a frappé, c'est qu'elle avait vraiment l'air d'une criminelle. Son regard était fuyant et une vilaine lippe tordait sa bouche. Ses cheveux blonds, coiffés, tirés, accentuaient son côté dur et sournois. Vraiment, ça n'était pas du tout la même personne. En la regardant, sur cette mauvaise photo, j'éprouvais moins de répulsion pour ce qu'elle était avant que d'admiration pour ce qu'elle était devenue. Une transformation radicale était intervenue dans toute sa personne. Les dominantes de son visage avaient changé.

J'ai levé les yeux et réalisé qu'elle avait un journal dans les mains. Un journal qui allait lui apprendre brutalement ce que je lui cachais au prix des plus grands sacrifices.

Je me suis précipité.

— Donne-moi ça, Marianne !

Je lui ai arraché l'imprimé des mains. J'ai regardé avec avidité la première page : il n'y avait rien... Aux autres non plus... J'ai eu l'idée d'examiner la date et j'ai vu que *le Figaro* était plus vieux que *France-Soir* de deux jours. Je le lui ai rendu, mais elle ne l'a pas pris.

— Pourquoi as-tu eu ce geste, Daniel ?

— Excuse-moi !

— On aurait dit que tu avais peur que je lise quelque chose de particulier dans ce journal ?

— Penses-tu ?

— Si !

— Ce n'est pas ça, Marianne, mais quand tu es susceptible de retrouver des impressions passées, je frémis, je ne me contiens plus...

Timidement, j'ai ajouté :

— Tu sais ?

— Oui, je sais... Pourtant, Daniel, il faut bien que tu saches que ma mémoire reviendra.

— Qu'est-ce que tu dis ?

— Je le sens bien... Ça craque dans ma tête, maintenant. À chaque instant, je m'arrête pour voir des choses floues, comme on regarde dans une pièce à travers des vitres embuées.

— Et tu as encore vu des choses depuis ce matin ?

— Oui. Pendant que tu faisais mon portrait.

— Qu'as-tu vu ?

Elle a réfléchi.

— Une maison… Un vestibule… Je sais que notre maison était comme celle d'ici… Avec un vestibule et un étage…

— Tu en es certaine ?

— Presque.

— Cette maison t'aide à te souvenir, en somme ?

— Oui.

— Alors il faut que nous partions !

— Non, Daniel, c'est trop tard maintenant. Je voudrais, vois-tu, me débarrasser de ce tourment. Il vaut mieux que je me souvienne… Ça ne changera rien à mon amour pour toi. Quels que soient les gens dont je vais me souvenir, je resterai avec toi ! Je te l'ai dit à Castelldefels : je n'ai jamais aimé personne d'autre que toi ! Plus j'approche de la vérité, plus j'en suis intimement persuadée !

Je l'ai embrassée. Ses lèvres étaient moins fraîches que d'ordinaire. Elle avait la fièvre. Oui, il se passait quelque chose en elle.

— Tout à l'heure, Marianne, tu as dit : je sais que notre maison était comme celle-ci…

— Alors ?

— NOTRE, donc tu as eu conscience de ne pas y avoir vécu seule ?

Marianne a passé sa main dans ses cheveux, labourant de ses ongles la toison de miel qui accaparait toute la lumière de la pièce.

— Il me semble que je vivais presque seule pourtant… Quelqu'un était mort depuis peu de temps… Je n'arrivais pas à m'y habituer…

Elle a écouté au fond d'elle-même je ne sais quel balbutiement secret.

— Et pourtant non… Il y avait quelqu'un…

Elle a levé la tête machinalement. Son instinct retrouvait des gestes.

— Quelqu'un… au-dessus… Quelqu'un qui m'empêchait de jouer du violon.

— Tu te fais des idées !

— Non… Attends !

J'ai eu une peur affreuse.

— Arrête ! Arrête, Marianne, ne pense plus ! Tu m'entends ! Je ne veux plus ! Arrête !

Elle s'est assise devant la table et a recommencé de découper ses fruits menus dans le saladier ébréché.

J'ai pris mon *France-Soir* et je suis allé le lire au fond du jardin.

Ici, du moins, elle ne risquait pas de me tomber dessus à l'improviste. J'étais tranquille pour lire… Pour en savoir davantage !

27

Le journal n'était pas tendre pour elle. Pourtant il ne m'a rien appris que je ne connusse déjà. Le flic avait découvert les cadavres et il y avait un drôle de remue-ménage à Saint-Germain. On retraçait l'existence de Marianne en mettant l'accent sur sa vie de débauche. Elle était la cupide petite provinciale qui, pour assurer sa matérielle, avait vampé l'amant de sa mère après la mort de celle-ci. Elle en avait eu un enfant dont elle ne s'occupait guère, préférant passer son temps à « racler du violon », prétendait le reporter. Elle avait laissé périr le bébé de faim et le vieil amant s'en étant aperçu, elle avait trucidé celui-ci. Telle était la version de la police…

On n'avait pas retrouvé d'argent dans le portefeuille de Bridon, ce qui prouvait que Marianne Renard avait dépouillé sa victime avant de fuir. Son signalement était diffusé largement et on espérait une prompte arrestation du « monstre ». L'article s'achevait sur l'hypothèse que Marianne ait eu un amant avec lequel elle était partie. Cet amant (moi) serait revenu à la maison pour récupérer un objet de valeur, peut-être était-ce lui qui avait détroussé Bridon ? La police suivait sa piste et espérait bien, grâce à lui, remonter jusqu'à Marianne...

J'ai déchiré le journal en menus morceaux que j'ai enfouis au pied d'un palmier... Puis je suis allé retrouver « le monstre ».

Jamais je ne l'avais vue aussi belle et tragique. Personne n'aurait pitié d'elle ; non, personne ! C'était une femme maudite. Et pourtant, je comprenais son cas. J'imaginais bien cette petite fille romanesque élevée dans la vieille maison par une névrosée qui recevait devant elle son rustaud d'amant. Elle avait eu la musique comme évasion. Toute sa poésie, toute sa sentimentalité s'étaient cristallisées sur son archet... La vie laide et féroce, grâce à lui, perdait de sa cruauté. À la mort tragique de sa mère, le vieux avait jeté son dévolu sur elle, et elle l'avait subi parce qu'il symbolisait l'exigence de la vie pour cette âme frêle. Il était la nécessité, la rançon à payer quotidiennement... Elle avait eu cet enfant avec, je suppose, plus de surprise et de terreur que de joie... Mais il n'avait déclenché en elle aucun élan maternel. Peu à peu elle l'avait... (je vais dire un mot incroyable, mais qui pourtant résume la situation), elle l'avait oublié ! Il était devenu une vague présence importune qui troublait son extase de violoniste...

— Tu parais abattu, Daniel !

Il fallait que je fasse bonne contenance.

— Tu me dis toujours ça ! Je suis un peu préoccupé, simplement...

— Par qui ?
— Par... par ce que j'ai fait !
— Bien vrai ?
— Bien vrai !
— Tu risques la prison ?
— Évidemment !
Elle a secoué la tête.
— Je ne veux pas qu'on te mette en prison, Daniel. Qu'est-ce que je ferais sans toi ? Dis ? Je ne pourrais pas vivre.
— On ne m'y mettra pas !
— Tu crois ?
— Je te le promets...
— Ce serait abominable pour moi, tu comprends ?
— Ne parlons pas toujours de ça, Marianne... Il est encore plus pénible d'appréhender les choses que de les subir. Tiens, sers-nous plutôt à manger. Qu'est-ce qu'il y a au menu ?
— Une omelette !
— Aux œufs ?
Elle a souri.
— Oui, tu l'aimes ?
— J'en raffole !
L'omelette répandait une bonne odeur. Je regardais s'activer Marianne. Elle avait pour cuisiner la gaucherie d'une artiste. Elle n'était pas faite pour les travaux ménagers...

Quand l'omelette a été prête, elle ressemblait à n'importe quoi sauf à une omelette. Elle était un peu brûlée d'un côté et claire de l'autre.

Marianne a disposé deux assiettes. Les propriétaires avaient laissé quelques ustensiles ébréchés, histoire de pouvoir qualifier la villa de meublée…

Elle a apporté la poêle et m'a servi une énorme portion d'omelette.

— Goûte si elle est bonne.

J'ai goûté. Elle avait omis de la saler.

— Fameuse, ai-je menti. Avec un grain de sel, ce sera parfait.

Elle a mis une part raisonnable dans la seconde assiette. Il restait encore beaucoup d'omelette dans la poêle. J'ai regardé Marianne, surpris par sa soudaine immobilité. Comme toujours, elle paraissait écouter un bruit imperceptible pour les autres. Puis, d'une démarche d'automate, elle s'est dirigée vers l'escalier, sans lâcher la poêle.

— Où vas-tu ?

Ma voix était un rugissement. Ça m'a brûlé la gorge.

Elle s'est retournée, flottante.

— Je vais lui en porter !

Si le petit cadavre du môme s'était brusquement trouvé sur la table, devant moi, je n'aurais pas ressenti une semblable secousse.

— À qui ?

Il y avait une espèce de brume dans ses yeux…

— Mais à…

Elle est revenue et a déposé la poêle sur le réchaud.

— Oh ! je ne me souviens plus, Daniel, c'est affreux ! Pourtant, je savais qu'il y avait quelqu'un là-haut qui m'attendait !

— Il n'y a personne en haut, Marianne ! PERSONNE !

Je m'étais levé et je la secouais.

— Personne ! Mets-toi bien ça dans la tête. Nous sommes tous les deux ici et seuls ! SEULS !

— Oui, Daniel ! Ne crie pas, je t'en supplie.

J'allais devenir fou si ça continuait.

— Répète, Marianne ! Répète pour bien te foutre ça dans ton sacré crâne ! Nous sommes seuls ici !

Elle pleurait. Je n'avais cure de ses larmes. Je continuais à la secouer et son corsage s'est déchiré sur l'épaule. Sa chair dorée s'est mise à briller ; on aurait dit du cuivre patiné.

— Répète !

— Oui, lâche-moi ! Tu me fais peur !

— Répète !

— Nous sommes seuls ici, tous les deux !

Je l'ai lâchée. Mais elle s'est plaquée contre moi et nous sommes demeurés un bout de temps comme ça, debout, haletants, avec nos deux cœurs cognant l'un contre l'autre...

28

Quand nous avons mangé notre omelette, celle-ci était figée dans notre assiette. Nous l'avons avalée tout de même, du bout des dents, parce que nous avions faim. La salade de fruits a mieux passé. Quand ce frugal repas a été expédié, j'ai décidé :

— Nous allons descendre le lit dans la salle de séjour.

— Pourquoi ?

— J'ai l'idée que c'est cette chambre du haut qui te donne des cauchemars. Alors couchons en bas !

Elle a secoué la tête.

— À quoi bon ?

— Essayons toujours…

Je m'efforçais à créer de l'entrain. Je chantonnais… Elle m'a aidé à descendre la literie. J'ai laissé les montants du lit en haut, me contentant du sommier et du matelas. Malgré son mobilier navrant, je préférais la salle du bas.

Nous nous sommes couchés lorsqu'il a fait tout à fait nuit.

— Demain, j'achèterai des bougies ou une lampe à pétrole…

Heureusement, il y avait cette furia qui s'emparait de nos êtres dès que nous étions couchés. C'étaient les seuls moments de grâce de la journée où l'amour nous insufflait une force renouvelée qui nous permettait de vivre la journée du lendemain.

*
* *

Le matin, j'avais hâte de lire les nouvelles. Les journaux français seraient livrés désormais au village à ma demande. Ils parviendraient par le bus de huit heures.

En me réveillant, j'ai immédiatement pensé à la presse. Il fallait que je sois là lorsqu'elle arriverait car, si par hasard le marchand de journaux avait la curiosité de les feuilleter, il pourrait découvrir la photo de Marianne ou bien la mienne et nous reconnaître.

Je me suis donc levé très tôt. J'avais la bouche amère et j'ai dédaigné le café matinal. J'ai pris une grappe de raisin sur le buffet et je suis parti à grandes enjambées en mordant dedans…

Il faisait doux, ce matin-là… Le ciel était d'un bleu moins cruel et une légère brise caressait les palmes de mes arbres rabougris.

Je suis parvenu au village en même temps que le car. Le marchand attendait ses paquets d'imprimés. Il m'a adressé un signe joyeux. D'un coup de couteau, il a fait sauter la ficelle maintenant les journaux.

Les canards français se trouvaient roulés à part. Je m'en suis emparé d'un geste vif.

Je me suis fouillé pour les régler à l'Espagnol qui attendait, la main en sébile, mais j'avais oublié dans la précipitation de me munir d'argent. Je lui ai expliqué par signes. Il s'est renfrogné.

C'était un grand type cupide qui devait dormir avec son porte-monnaie sous l'oreiller. Bien que je lui aie refilé cent pesetas de gratification la veille, il n'entendait pas me laisser partir avec les journaux sans que je les paie…

Ça m'a mis dans une rogne noire. Je l'ai traité de tous les noms, en français, bien entendu, mais la colère est un sentiment international et il s'est drapé dans une dignité outragée. Il m'a arraché les journaux des mains. J'avais eu le temps de lire mon nom en sous-titre… Si jamais ma gueule figurait dessous, j'étais perdu.

De toute façon, nous courions un grand danger. Maintenant qu'on avait percé mon identité, on saurait que je me trouvais en Espagne et les recherches allaient…

J'ai sauté ! J'oubliais une chose capitale : ces journaux qui me semblaient frais parce qu'ils arrivaient le matin dataient de l'avant-veille… Le téléphone allait beaucoup plus vite qu'eux.

À la minute où je trépignais sur cette place de village, les flics espagnols me recherchaient…

Je ne savais que faire ni où aller. Nous étions à pied… Si, il y avait une solution : prendre beaucoup de provisions et gagner le maquis. Mais en était-ce bien une ? Pouvais-je espérer vivre indéfiniment une existence de bête traquée avec Marianne ?

J'en étais là de mon expectative lorsque mon attention a été attirée par une voiture noire qui arrivait dans un tourbillon de poussière. C'était une vieille Renault d'avant-guerre, toute cabossée. Elle portait une plaque minéralogique espagnole spéciale. Dans un lamentable bruit de freins, elle a stoppé devant l'estaminet. Il y avait deux carabiniers dedans et deux types en civil. Les flics sont les mêmes dans tous les pays du monde. Je parle des flics en civil. Ils s'affublent des mêmes costumes neutres, des mêmes chaussures de mauvais goût...

Cette arrivée inopinée me glaça le sang. Je compris que ces renforts arrivaient pour nous. Ils étaient sur notre piste. La grosse fille de l'agence de location avait dû lire mon nom dans les journaux espagnols de la veille et faire une déclaration à la police.

Les quatre hommes sont entrés au café. Sans doute allaient-ils se renseigner quant à l'emplacement de la villa ? On allait le leur dire. Ils remonteraient dans leur auto et seraient à la villa avant moi. Lorsque j'y parviendrais, Marianne aurait déjà les menottes aux poignets et ne comprendrait rien.

J'avais un volcan dans la tête... Je gémissais sans parvenir à arrêter ces râles de bête. Je ne voulais pas ! Je m'insurgeais éperdument, comme le premier soir, sur la route, je m'étais insurgé contre le sort en comprenant que je ne pouvais éviter le choc !

À cet instant, le car s'ébranlait. Cet autobus poussif passait devant la villa. Je me suis élancé en gesticulant, seulement j'avais démarré à cinquante mètres du véhicule et il n'y avait vraiment pas moyen de le rattraper.

Heureusement, à la sortie du village, un vieux type sur une voiture à âne barrait la route, forçant le car à stopper... J'ai forcé tant que ça pouvait. Mes jambes me rentraient dans le buste... Mais je voyais diminuer la distance entre le car et moi. Ce damné autobus cornait comme un perdu et le petit vieux de la charrette se rangeait pour le laisser passer. Le car passait en première, s'ébranlait. Dans un sursaut de tout mon individu, je me suis arraché du sol, j'ai tendu les mains en avant et saisi l'échelle de fer fixée à l'arrière du lourd véhicule. Mes jambes traînaient sur le sol. Je n'avais pas la force d'accomplir le rétablissement nécessaire... Heureusement, le car s'est arrêté une fois encore pour éviter un cochon. J'ai pu mettre un pied sur le dernier échelon... Nous sommes repartis... Je regardais derrière moi en soufflant. Le village s'amenuisait dans le soleil et la route restait vide et immobile, avec seulement le gros serpent de poussière qui se tortillait à notre suite.

Je croyais la villa plus éloignée que ça du village. Le visage plaqué contre la paroi du car, je l'ai vue défiler brusquement sur la droite.

L'autobus roulait à assez vive allure. Je me suis jeté en arrière... Une atroce douleur m'a tordu la cheville... Je m'en foutais... Rien ne pouvait m'empêcher de marcher... J'ai couru jusqu'à la maison. Je ne sentais plus ma jambe droite. À la place, il y avait une lame rougie qui s'enfonçait progressivement dans mon corps.

J'ai franchi le portillon. Marianne était levée. Elle portait un short bleu et une casaque blanche en tissu-éponge. Ses cheveux étaient noués sur le dessus de sa tête. Elle tenait un bol de café au lait sur une assiette et se dirigeait vers l'escalier.

J'ai appelé, doucement, car ma voix ne passait plus ma gorge carbonisée par l'effort terrible que je venais de fournir.

— Marianne !

Elle ne s'est pas retournée et a mis le pied sur la première marche.

— Marianne, nom de Dieu ! Écoute-moi !

Elle s'est retournée. Ses yeux étaient morts comme ceux d'un médium.

Sapristi, le temps pressait. Il fallait que je ramasse mon fric, que je la chope par la main et que je l'entraîne à travers la rocaille vers l'horizon d'arbousiers et de chênes nains où nous trouverions refuge.

— Écoute, Marianne !

Elle a paru reconnaître ma voix par-delà une immensité vide et figée.

— C'est toi, Daniel !

— Mais oui !

— J'ai cru que c'était M. Bridon, j'ai eu peur...

Mon sang n'a fait qu'un tour... Ça y était. Elle commençait à pénétrer dans sa vie ancienne.

— Viens ici ! Pose ce bol et foutons le camp !

J'avais mal à ma jambe, un mal féroce qui me faisait larmoyer.

— Non, je monte le déjeuner du petit !

Et elle s'est engagée dans l'escalier... Je l'ai vue gravir une marche, deux marches, dix marches... Je l'ai entendue ouvrir la porte...

Elle a poussé un cri et le bol a éclaté sur le plancher. Je me suis lancé dans l'escalier. Je m'agrippais à la rampe pour pouvoir l'escalader... Enfin je suis parvenu à l'étage. À cet instant, j'ai entendu miauler les freins de la Renault ; devant la porte, des portières ont claqué...

Je suis entré dans la chambre. Marianne se tenait debout devant un coin vide. Elle était toute pâle.

On cognait à la porte du bas... J'ai vu briller dans la pénombre de la cheminée de briques un superbe tisonnier de cuivre ouvragé. Je l'ai saisi par sa tige, j'ai assuré celle-ci dans ma main et je suis revenu me placer derrière Marianne. Je regardais sa nuque frêle et duveteuse comme une fleur rare. J'étais hypnotisé... En bas les coups redoublaient... Alors j'ai levé le tisonnier. Non, on ne l'arrêterait pas... Elle ne s'enfoncerait pas dans son puits de boue et de sang ! Non !

Mon bras s'est abattu... Il y a eu un bruit, comme lorsque mon pneu était passé sur la boîte à violon... Marianne est tombée à genoux, la tête penchée en avant... Puis elle s'est couchée sur le plancher.

Moi, je me suis traîné jusqu'au palier et me suis penché sur la rampe. Ils regardaient en l'air, j'ai vu leurs figures basanées, hérissées de moustaches, leurs yeux noirs et fixes, leurs vieux pistolets...

— Vous pouvez monter, ai-je soupiré : elle est là !

29

Un jour, beaucoup plus tard, après mon séjour à l'hôpital, le juge d'instruction m'a fait entrer dans son bureau.

Quand j'avais appris que Marianne n'était pas morte de mon coup de tisonnier, j'avais écrit tout ce qui précède pour sa défense.

Le juge a dit à son secrétaire de faire entrer « la fille Renard ». Et elle m'est apparue entre deux gendarmes. Seulement ça n'était plus ma Marianne, c'était l'autre, la première, l'infanticide, comme disait la presse. Elle portait un petit tailleur noir qui faisait ressortir sa pâleur. Ses cheveux étaient tirés et elle avait encore un pansement, derrière la tête. Son regard était buté, froid, calculateur. Elle m'a regardé avec calme et curiosité.

— Vous reconnaissez Daniel Mermet ? a demandé le juge.

Elle m'a considéré d'un œil un peu oblique.

— Non, monsieur le juge.

— C'est pourtant avec lui que vous avez séjourné en Espagne !

— Ah !

Je voyais bien que ça ne lui disait rien... En la frappant pour la libérer, là-bas, dans la villa, je n'avais fait que rebrancher le contact sur sa vie première... La nôtre s'était engloutie dans sa mémoire... Ce coup de tisonnier n'avait tué que notre amour...

— Marianne, ai-je balbutié, tu ne te souviens pas de moi ?

— Non, monsieur...

— Mais, Marianne !...

— C'est bon, a tranché le juge, emmenez l'inculpée...

Avant de sortir, elle m'a encore détaillé avec curiosité.

— Je t'aime ! lui ai-je crié... Je t'aimerai toujours, Marianne, je t'attendrai et...

Le greffier venait de la faire sortir. Je me suis retrouvé en tête à tête avec le juge. Celui-ci a secoué une boîte de cachous dans sa paume en creuset.

— Qu'en dites-vous ?

J'étais incapable de lui répondre. Il l'a compris et est allé ouvrir la fenêtre pour se donner une contenance. Il y avait du soleil sur Versailles. Deux hirondelles en forme de flèches se poursuivaient dans le ciel bleu.

Alors, sans comprendre pourquoi, je me suis mis à pleurer sur leur amour.

#lisez engagé !
www.lisez.com
Pour plus d'information :
Imprimé sur du papier issu de forêts gérées durablement.

Achevé d'imprimer en octobre 2025
par Normandie Roto Impression s.a.s.
61250 Lonrai

N° d'impression : 2504297
R15958/01

Imprimé en France